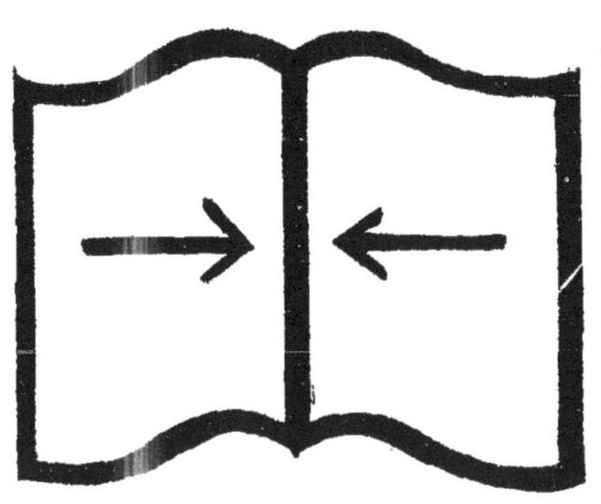

RELIURE SERREE
Absence de marges
intérieures

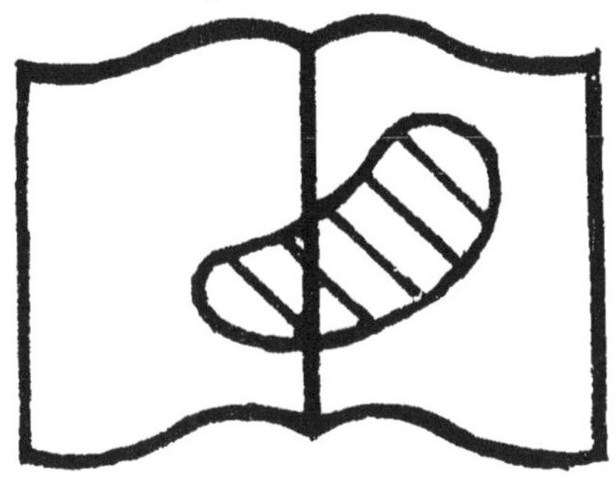

Illisibilité partielle

VALABLE POUR TOUT OU PARTIE DU
DOCUMENT REPRODUIT

LES COUVERTURES SUPERIEURES ET INFERIEURES
SONT EN TYPOGRAPHIE COULEUR.

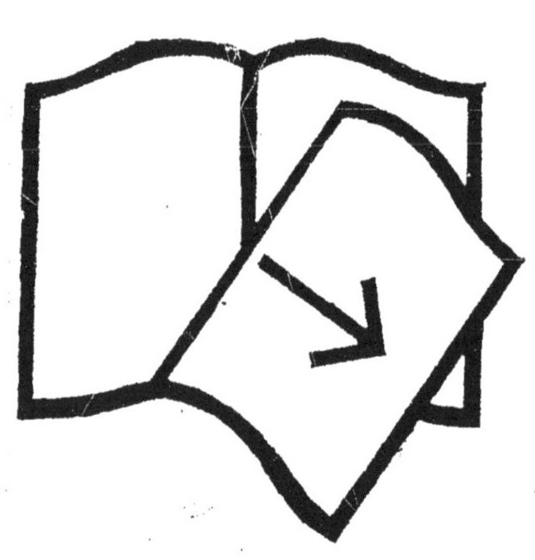

Couverture inférieure manquante

LES COUV. SUP. ET INF. SONT RELIEES
A LA FIN DU VOLUME

DU N° .1.

DU N° .2.
AU N° .6.

Original en couleur

NF Z 43-120-8

PIERRE SALES
LE SERGENT RENAUD
YARD FRÈRES, ÉDITEURS, PARIS
10 centimes le fascicule illustré.
FASCICULE (24 pages illustrées). Prix exceptionnel : 5 centimes.

PIERRE SALES

Le Sergent Renaud

AVENTURES PARISIENNES

PARIS

FAYARD Frères, Éditeurs

78, BOULEVARD SAINT-MICHEL, 78

Le Sergent Renaud

I

MARIE RENAUD

Un soir du mois d'avril 1864, deux femmes travaillaient,
très silencieusement, dans un petit logement situé sous les
combles d'un des plus vieux, des plus majestueux hôtels de
la place des Vosges. L'une des deux femmes, assez âgée, achevait l'ourlet d'une robe de baptême, tandis que l'autre, toute
jeune, posait, dans le haut du corsage, des nœuds de ruban
rose. Elles étaient placées de chaque côté d'une longue table,
sur laquelle était étendue la robe, au milieu d'un fouillis de
mousselines, de linons, de piqués, d'épingles, d'aiguilles, de
ganses, d'entre-deux et de dentelles.

Ainsi que la plupart des anciens logements, celui-ci n'avait pas d'entrée, et c'était cette pièce qui communiquait directement avec le palier. Elle était assez grande, à peine mansardée et assez confortablement meublée : un buffet, une armoire, une seconde table et six chaises ; le tout entretenu avec une propreté méticuleuse, ainsi que le parquet de brique, bien rouge, bien ciré, brillant comme un miroir. Dans un coin, sous un voile noir, une belle cage peuplée d'une nombreuse famille de serins, de bengalis et de capucins. — Tout, dans cette pièce, respirait le bonheur pur, le bonheur intime. Et, à voir les deux femmes, le visage à demi éclairé par la lampe, travaillant sans relâche, se souriant lorsqu'elles se baissaient un peu, personne n'aurait pu croire que le malheur était entré dans leur maison.

— Et tu dis, petite, demanda la vieille, qu'il faut livrer cette robe de baptême demain à onze heures ?

— Oui, grand'mère, répondit la jeune fille, d'une jolie voix douce, musicale. Mme Welher m'a expliqué que c'était pour l'Amérique ; il faut qu'elle la livre elle-même à un commissionnaire ; la caisse est prête et doit partir le soir même...

— Alors, travaillons, petite. Il ne faut pas faire attendre Mme Welher, qui est si gentille pour toi.

Et elles reprirent courageusement leur travail.

Cette grand'mère avait encore, malgré ses soixante ans, un bel air de jeunesse. Très maigre, elle était vive, alerte, et son visage avait une jolie couleur de vieux rose, un peu passé sous ses bandeaux blancs.

La jeune fille était d'une délicatesse extrême. Une véritable tête de madone sur un corps d'une délicieuse gracilité. Elle avait d'admirables cheveux châtains, très épais ; et, lorsqu'elle se baissait, se mettant un peu plus dans la lumière de la lampe, ces cheveux prenaient une nuance plus vive. Son sang, courant à fleur de peau, lui donnait une carnation d'un rose frais, velouté, le rose qui avait dû régner autrefois sur les joues de sa grand'mère ; ses yeux étaient grands, rêveurs, d'un bleu de ciel ; son nez petit, droit ; son front très élevé, très intelligent. Une seule chose gâtait un peu ce joli visage : les lèvres étaient trop pâles. Un médecin aurait bien vite deviné ce qui manquait à la charmante lingère : le grand air et la liberté. Sa taille, bien formée, était d'une grâce exquise,

très onduleuse, les pieds très petits et les mains mignonnes,
roses, à part le doigt de la main gauche sans cesse transpercé
par l'aiguille.

Les deux femmes travaillèrent ainsi, longtemps, n'enten-
dant d'autre bruit que des pas de promeneurs attardés. De
temps en temps, à la dérobée, la grand'mère examinait sa
petite-fille ; puis elle reportait ses yeux sur un portrait d'officier suspendu en face de la fenêtre. Elle avait alors un léger
frémissement, puis se remettait au travail avec plus d'acharnement. Quand, par hasard, elles entendaient la porte de la
maison s'ouvrir et se refermer, elles ralentissaient un peu leur
besogne et écoutaient. Mais *celui* qu'elles attendaient ne vint
pas. — Vers minuit, la grand'mère vit tomber une larme sur la
robe de baptême que sa petite-fille tenait dans ses mains. Puis
une seconde larme tomba. Et ce fut tout. La jeune fille s'était
raidie, avait vaincu sa douleur ; et, comme un hoquet allait
la secouer, elle le dissimula en disant :

— Ah ! maladroite, je me suis piquée !

La grand'mère se leva, embrassa son enfant.

— Assez travaillé pour ce soir, Marie ! Demain, nous nous
y remettrons de bonne heure ; vois, j'ai fini mon ourlet...

La jeune fille essaya de résister. Elle trouvait une conso-
lat'on dans son travail. Mais la grand'mère l'entraînait, lui
donnait une bougie.

— Couche-toi, vite.

— Et toi ?

— Je te rejoins, tout de suite.

— Bonne nuit, maman Renaud.

Elle l'appelait souvent ainsi, dans leur intimité si douce !
Elle avait dû donner un nom à chacune de ses mères ; car,
pendant longtemps, elle avait cru, bien réellement, qu'elle
en avait deux, l'une jeune, jolie, presque une camarade
pour elle, « petite mère ! » Mais cette petite mère était morte
de chagrin : elle était allée rejoindre son mari. Et il ne restait
à la jeune fille que sa seconde mère, « maman Renaud ».

Quand la porte se fut refermée sur la jeune fille, la grand'-
mère y colla son oreille. Elle entendit un sanglot qui éclatait
avec d'autant plus de violence qu'il avait été contenu toute la
soirée. Et elle-même sentit de grosses larmes couler sur ses
joues. Et elle se mit à marcher dans la pièce, d'un pas
agité. Mais bientôt, elle ne pleurait plus. Tout à l'heure, elle

avait été attendrie par la douleur de sa chérie; en ce moment, elle était toute à sa colère, à son indignation...

— Il l'abandonne, c'est certain !... Et pourtant, moi, si défiante, moi qui avais peur pour elle de tous les hommes, j'avais eu confiance en ce Jean Berthier !... Comme si mon expérience ne m'avait pas appris que tous les hommes sont des trompeurs !.. Tous ? Non, pas tous !...

Elle s'arrêtait sous le portrait d'officier, une reproduction agrandie, très pâle, d'une ancienne photographie :

— Tu ne l'étais pas, toi, mon fils !

Elle contempla longuement ce portrait, fait à la sortie de Saint-Cyr, qui lui montrait son fils dans son costume de sous-lieutenant. Elle le voyait si beau, si noble, si brave !

— Ah ! si tu étais encore là, toi ! on n'aurait pas osé l'abandonner ainsi !... Et moi, mon Dieu ! Moi qui ai laissé s'enraciner cet amour dans son cœur !... O mon fils, pardon !

Elle leva ses mains vers le portrait. Puis elle rangea la pièce. Et elle regagna enfin la chambre où elles couchaient toutes les deux, où leurs lits étaient rangés côte à côte, comme dans un dortoir, où elles avaient été si heureuses... avant ! -

Les soirs précédents, Marie ne s'endormait qu'avec peine ; mais, ce soir-là, la fatigue l'emportait : les émotions l'avaient brisée ; elle dormait déjà. La vieille se dévêtit bien doucement, de peur de l'éveiller ; elle n'osa même pas l'embrasser, comme elle faisait toujours. Elle s'agenouilla seulement devant le lit et s'approcha pour la contempler. Les lèvres de Marie s'entr'ouvrirent bientôt et murmurèrent :

— Jean... Jean... Jean...

La vieille alors serra les poings, en murmurant :

— Le gueux ! Il m'a volé son cœur !

Le lendemain, maman Renaud, qui cependant se levait de très bonne heure, vit sa petite fille déjà debout, vaquant aux soins du ménage. Le sommeil de Marie était devenu si léger qu'il suffisait des premières lueurs du jour pour l'éveiller. Son visage était battu, ses yeux cernés; mais elle ne pleurait pas. Pendant toute la matinée, elle ne montra aucune faiblesse: elle avait le courage que donne une résolution prise. Dès le matin, en s'éveillant, elle s'était décidée à tenter une

démarche suprême. Elle voulait à tout prix sortir de l'indéci-
sion. Elles travaillèrent activement. A midi, la commande
était terminée.

— J'irai livrer, dit la grand'mère. Toi, tu te reposeras...

— Non, grand'mère ; j'ai besoin de voir Mme Welher.

Vers deux heures, Marie partit, en effet, et refusa de se laisser
accompagner. Elle alla livrer sa commande, s'attarda à peine
dans le magasin de lingerie. Et, aussitôt après, elle se faisait
conduire en voiture au boulevard Saint-Michel... devant une
maison meublée, occupée par des étudiants.

Elle y était déjà venue, une seule fois, en secret, dans une
cruelle circonstance, le jour où elle avait dû avouer à son
ami qu'elle portait en son sein le fruit de leur amour.
C'est, hélas ! depuis ce jour qu'elle ne l'avait plus revu ! Et
cependant il lui avait juré de ne l'abandonner jamais, dans
cette même chambre où elle allait l'implorer, non pas pour
elle, mais pour le pauvre petit être qui tressaillait dans ses
flancs... Elle se souvenait exactement du numéro de cette
chambre, située au premier étage ; elle y monta bravement
et frappa. Ne recevant pas de réponse, elle frappa encore.

En ce moment, une voix cria d'en dessous :

— Qui demandez-vous ?

Elle rougit violemment et ne répondit pas : elle avait honte
de se montrer ; mais le garçon, qui avait la garde de la maison
meublée, monta vivement au premier étage.

— Qui demandez-vous ? répéta-t-il brusquement

Le personnel des hôtels du quartier Latin a généralement
peu de respect pour les femmes. Elle balbutia :

— Monsieur Jean Berthier ?

Le garçon chercha un instant ; il se souvenait à peine. D'un
geste timide, Marie montra la porte de la chambre.

— Ah ! oui ! fit-il, le numéro 2... oui... oui...

Il devenait soudain plus poli. Il avait reçu de si grosses
étrennes du locataire de cette chambre !

— Attendez, mademoiselle !

Il descendit presque d'un bond et remonta avec la clef.

— Voici, mademoiselle, entrez donc.

Marie eut une seconde d'espoir.

— Il va venir bientôt ? interrogea-t-elle en s'asseyant.

— Dame ! Je pense... fit le garçon d'un air niais.

Puis, la dévisageant :

— Je me rappelle... C'est vous qui êtes venue, il y a un
mois?

— Oui; mais dites-moi si M. Berthier rentrera bientôt?

— Ah! mademoiselle, il ne m'a pas prévenu; l'autre fois,
il m'avait avisé la veille... on avait apporté des fleurs...
Evidemment, il va venir, s'il vous a donné rendez-vous!

Et il souriait encore plus niaisement. Marie s'était mise à
trembler. Elle entrevoyait une horrible réalité, un mensonge odieux. Est-ce que cette chambre n'était pas le véritable domicile de Jean?

— Il n'habite donc pas ici? prononça-t-elle fiévreusement.

— Naturellement, mademoiselle, puisqu'il n'a pris cette
chambre que pour ses rendez-vous!

Il sembla à Marie que la maison s'écroulait sur elle; et elle
s'affaissa dans un fauteuil, tandis que le garçon allait voir si
M. Jean Berthier n'arrivait pas. Elle comprenait qu'elle avait
été indignement trahie. Mais, quand le domestique revint, pour
dire qu'il avait regardé le boulevard dans toute sa longueur, et
qu'il n'avait aperçu personne ressemblant à M. Jean Berthier,
Marie était debout. Une pâleur livide s'était répandue sur son
visage; mais elle résistait à ses larmes. Elle donna cinq
francs au domestique.

— Voudriez-vous porter une lettre chez M. Jean Berthier?

— Ce serait avec plaisir, mademoiselle, dit-il, empochant
la pièce; mais nous ignorons son adresse...

— Bien, dit Marie, semblant toujours très calme, bien; je
reviendrai une autre fois.

Et elle se dirigea vers la porte.

— Mais si, par hasard, M. Berthier passait par ici, avant
que vous l'ayez vu, que faudrait-il lui dire, mademoiselle?

— Rien!

Elle prononça ce: « Rien! » d'une voix mourante. Qu'au-
rait-elle à dire, en effet, à cet homme qu'elle avait tant aimé
et qui avait si abominablement abusé d'elle? A chaque marche de l'escalier, elle dut s'arrêter et respirer un peu. Le domestique la suivait, avec le respect d'un homme bien payé.

Marie faillit tomber en traversant le trottoir, assez large
en cet endroit. Le garçon ouvrit la portière de sa voiture et
dut la soutenir pour la faire monter.

— Où faut-il conduire mademoiselle?

— Place des Vosges, balbutia-t-elle.

Et la voiture se fut à peine ébranlée qu'elle s'affalait sur les coussins, pleurant à grands sanglots et bégayant :

— Oh !... Jean... Jean... Mon adoré... Toi ! Avoir fait cela !...

Quand la voiture arriva place des Vosges, elle pleurait encore.

— Quel numéro ? demanda le cocher.

Elle descendit à l'entrée de la rue de Birague, ne voulant pas que sa grand'mère la vît arriver en voiture. Elle se traîna jusqu'au jardin, s'assit sur un banc entouré de verdure. Et elle pleura encore.

Enfin, songeant à sa grand'-mère, elle regagna sa maison.

Maman Renaud n'osa pas lui dire combien elle avait été inquiète ; elle demanda seulement, lui voyant les mains vides :

— Tu ne rapportes pas d'ouvrage de chez Mᵐᵉ Welher?

— Non, rien, grand'-mère ! Je dois y retourner demain...

— Et... pas de lettre en bas ?

— Non, pas de lettre, prononça Marie avec un étrange sourire.

A chaque marche de l'escalier elle dut s'arrêter et respirer un peu. (Page 8.)

— Ce sera pour ce soir... ou pour demain, dit la grand'mère affectant un air tranquille.

— Non, maman Renaud, ni ce soir, ni demain... ni jamais !

C'était la première fois qu'elles parlaient si franchement de l'abandon de Jean. La grand'mère se mit à dresser la la table pour le dîner. Marie s'assit auprès de la fenêtre, regardant dans le vague. Leur repas fut bien triste, bien silencieux. Marie ne mangeait que pour obéir à sa grand'mère. Et la grand'mère prolongeait le repas : elle avait peur de cette soirée qu'elles allaient passer, en face l'une de l'autre, sans un travail pressé qui pût les distraire de leur douleur.

Cependant, Marie s'installa ensuite à sa table, comme d'habitude, et rangea toutes ses fournitures, ses morceaux de mousseline, ses fines broderies, ses dentelles, une foule de choses qui lui restaient parfois sur ses commandes...

A neuf heures, maman Renaud descendit. Elle avait fixé sa dernière limite d'espoir à cette soirée : Jean allait leur écrire, sûrement, pour les rassurer, et expliquer sa conduite de la façon la plus naturelle. — Quand la concierge lui eut dit, d'un air un peu goguenard, que le facteur était passé et n'avait rien laissé pour elles, elle remonta lourdement. Tout était bien fini !

Elle pénétra sans rien dire dans le petit logement et contempla sa fille, qui leva à peine la tête pour lui sourire. Et aussitôt, Marie se remit à une besogne qu'elle avait entreprise : elle cousait de minces bandes de mousseline, séparées par des entre-deux de valénciennes. Puis, sur une mignonne forme de carton, elle posait son ouvrage, l'arrondissait et y ajoutait des ruchés de dentelle, avec de petites bouffettes de ruban blanc, très étroit.

— Que fais-tu donc, petite?

— Un bonnet, maman Renaud.

Et, pour le garnir, elle cherchait fiévreusement dans ses provisions; elle ne trouvait rien d'assez beau.

— Q'est-ce que c'est que ce bonnet?

— C'est un bonnet, maman Renaud.

Un sourire d'une exquise douceur se répandait peu à peu sur son visage, effaçant les traces des larmes qu'elle avait versées. Elle travailla toute la soirée, et elle souriait toujours. Par moment, elle élevait le bonnet sur son poing, le tendait à sa grand'mère.

— Comment le trouves-tu?

— Bien joli; tu n'as jamais rien fait d'aussi délicat. C'est un modèle?

— Oui... un modèle! maman...

Et elle avait un air bien mélancolique en disant cela; maman Renaud était très intriguée. Le bonnet fut achevé à minuit.

— Enfin, s'écria la grand'mère, me diras-tu pour qui tu fais ce bonnet?

— Oui, maman Renaud.

— Eh bien?... Pour qui?

— Pour mon enfant, grand'mère !

Maman Renaud se redressa toute blême. Et sa première pensée fut une imprécation contre Jean Berthier.

— Oh ! le lâche!... le misérable!...

— Oh ! Maman, maman ! s'écria Marie, suppliante. Prends garde ! Ne maudis pas le père de mon enfant!

II

DEUX AMIS

Dans cette même journée, — c'est-à-dire le 22 avril 1864, — tous les habitués du bois de Boulogne, tous les cavaliers qui, chaque matin, parcourent avec une régularité désespérante, l'allée des Poteaux, tous ces indifférents qui se connaissent entre eux, au moins de vue, tous les élégants en un mot, avaient remarqué l'allure morne, abattue, du jeune marquis de Villepreux. Il revenait lentement de sa promenade quotidienne, dirigeant son cheval d'une façon presque machinale, et répondant d'un geste distrait aux personnes qui le saluaient.

— Qu'a donc Villepreux ce matin?

Cette phrase avait couru de bouche en bouche, comme toutes ces petites nouvelles qui naissent le matin dans le monde élégant et, la plupart du temps, sont oubliées le soir.

En rappelant leurs souvenirs, les jeunes gens qui s'honoraient d'être les amis de Jean de Villepreux pouvaient affirmer que cette mélancolie remontait à quelques semaines; mais cela ne les avait jamais frappés comme dans cette matinée. Et les mauvaises langues ajoutaient :

— Il ne se prépare pas à entrer gaiement dans le mariage !

Car on savait, par des indiscrétions, comme tout se sait dans la vie parisienne, que sa mère préparait pour lui une très brillante alliance.

Lorsque, vers midi, le marquis arriva devant son cercle —
qui était naturellement celui de l'Union, — il fut étonné de
trouver son valet de chambre, au lieu de son groom, auquel
il avait donné l'ordre de venir prendre son cheval.

Il revenait lentement de sa promenade quotidienne, dirigeant son cheval... (Page 11.)

— Monsieur le marquis m'excusera, dit le domestique, en tenant le cheval tandis que son maître descendait; mais il est arrivé, après le départ de monsieur, une lettre d'Angoville, avec la mention : très pressé.

Ces mots : « Une lettre d'Angoville », firent pâlir légèrement le marquis.

— Vous avez bien fait, dit-il. Donnez.

Il regarda vivement la suscription de la lettre, reconnut l'écriture de sa mère et murmura : « Déjà? »

Puis, sans ouvrir la lettre, il demanda :

— Est-ce tout ?

— Non, monsieur le marquis. M. Florimont, le notaire, a envoyé son premier clerc dire à monsieur le marquis que l'acte était préparé, et qu'il viendrait lui-même aujourd'hui à l'hôtel, vers quatre heures; à moins que monsieur ne ?...

— Non. Cela me convient.

— Monsieur déjeune au cercle ?

— Oui, et je rentrerai vers trois heures.

Tandis que le marquis de Villepreux pénétrait dans son cercle, le domestique, Polydore Guépin, l'examina d'un œil sournois et ironique. L'expression correcte et respectueuse avait bien vite disparu de son visage.

Une minute après, il s'éloignait en prononçant :

Arracher mon amour de mon cœur ? fit Villepreux. (Page 19.)

— V'là le grabuge qui se prépare dans la famille. Tenons-nous bien !

Cependant, le marquis de Villepreux avait gagné un salon retiré de son cercle, Et il tenait la lettre de sa mère devant ses yeux, hésitant à l'ouvrir. Il fit enfin sauter le cachet; et, après l'avoir parcourue :

— Pauvre mère, murmura-t-il lentement : quelle peine je vais lui causer !

Jean d'Angoville, marquis de Villepreux, avait à cette époque une trentaine d'années. D'une très haute taille, mince, élégant, il inspirait, par son visage mâle et régulier, autant de sympathie que d'admiration. Il était très brun et portait la moustache et la barbiche comme un officier; son nez droit, fin, aux narines délicates, flexibles, annonçait une rare énergie. Malgré la mode absurde des élégants de l'Empire, il avait les cheveux coupés drus, découvrant son front large, un peu bombé ; ses lèvres, au sourire doux, tranchaient adorablement sur son teint mat, et tout son visage semblait éclairé par ses yeux profonds, brillants, comme ces diamants noirs qu'on tire du Brésil.

Le marquis de Villepreux possédait toutes les qualités qui se lisaient sur son visage, ou plutôt toutes les vertus, car c'est le seul mot qui corresponde exactement aux sentiments si chevaleresques qui l'avaient animé depuis sa plus tendre enfance. On citait de lui des faits d'un courage insensé ou d'une bonté parfaite : un enfant sauvé par lui dans un incendie de campagne lorsqu'il n'avait encore que douze ans ; tout son argent donné sans hésitation, à diverses reprises, lorsqu'il entendait parler de malheureux frappés par une catastrophe ; une complaisance, une patience inaltérables vis-à-vis de son frère cadet, qui cependant le jalousait et lui rendait chaque acte de bonté par une vilenie ; enfin, lorsque sa mère était devenue veuve, un dévouement entier, absolu, pour remplacer son père, un dévouement poussé jusqu'au sacrifice de son avenir : il avait, en effet, renoncé de lui-même à la carrière militaire, pour pouvoir mieux se consacrer au bonheur de cette mère chérie.

— Dans quelle abominable situation suis-je tombé ! murmura-t-il encore.

Et il était tout abîmé dans ses réflexions, lorsque de joyeuses exclamations retentirent ; et, au bruit des chaises remuées, des cris, des saluts, il lui fut aisé de deviner qu'un membre du cercle, absent depuis longtemps, venait d'arriver. Il se dirigea vers le grand salon et demeura tout stupéfait, en apercevant un lieutenant de chasseurs à pied, entouré de membres du cercle, à qui il distribuait gaiement des poignées de main. Puis il prononça :

— Brettecourt ! Ah ! qu'il arrive à propos ! — Henri !

Le lieutenant se précipita aussitôt vers lui les bras tendus :

— Jean !

Pendant une minute, les deux hommes se tinrent embrassés.

Et les autres membres du cercle, sachant la vive amitié

qui unissait le comte Henri de Brettecourt au marquis de Villepreux, les laissèrent seuls.

— Toi, à Paris! s'écriait Jean. Sans m'avoir prévenu!

— Envoyé tout à coup par mon général pour faire un rapport au ministre, je n'avais guère le temps d'écrire...

— Ah ! tu arrives bien, Brettecourt !

— Encore quelque duel ?

— Non. Des choses plus graves... Tu as un congé de?...

— D'un mois.

— Et tu ne me quittes plus?

— Tu sais bien que je n'ai plus d'autre famille que toi !

— Commençons par déjeuner; car je suppose que tu rapportes d'Afrique un appétit...

— Terrible!... La cuisine des Bédouins ne vaut déciment pas celle du cercle...

Quelques instants après, les deux amis étaient installés dans un coin de la salle à manger, à une table à part, et pouvaient causer librement.

Le lieutenant comte de Brettecourt ressemblait étrangement à son ami Villepreux. Comme lui, il était grand, brun, énergique ; il n'y avait entre eux de différence que pour les yeux : ceux de Brettecourt était bleus, d'un bleu clair, perçant, des yeux qui, sans lunette d'approche, malgré les mirages du désert, découvraient l'ennemi à des distances insensées, motif qui le faisait régulièrement placer en tête des colonnes. Ses yeux, en ce moment, paraissaient d'autant plus clairs, que sa peau était brunie, hâlée.

— Je vois que tu as pris leur teint à tes amis les Arabes, dit Villepreux en riant.

— Nous leur avons pris tant de choses! fit Brettecourt en vidant un verre de ce pontet-canet qu'on appelle, au club de l'Union, le cru des ambassadeurs.

Brettecourt avait en effet l'habitude d'enlever beaucoup de choses à l'ennemi. Et, d'une dernière affaire, il avait rapporté les galons de lieutenant et le ruban rouge.

— Mes compliments! lui dit Villepreux en lui montrant sa boutonnière.

— Bah! fit modestement Brettecourt ; je t'assure que je n'ai pas eu grand mal...

— Enfin, conte-moi tout de même la chose...

— Oh! c'est toujours la même histoire : des imbéciles
d'Arabes, auxquels un fanatique de marabout a monté la tête,
et qui s'imaginent qu'ils n'ont qu'à lever l'étendard de la
révolte pour vaincre la France; un tourbillon de cavaliers
qui court sur nos avant-postes, et une compagnie de chasseurs
à pied qui passe à travers en promenade militaire, avec agré-
ment de coups de feu : c'est tout simple. Le sergent Blandan
nous a donné l'exemple.

— Les héros trouvent toujours que c'est tout simple
d'être des héros!

— Mais en voilà assez sur mon compte! Parlons de toi, des
tiens! Je sais que ta mère est déjà partie pour Angoville, et
je sais même que tu as reçu une lettre d'elle ce matin...

— Tu es donc passé chez moi?

— Aussitôt que j'ai eu vu le ministre. Le devoir d'abord,
ensuite l'amitié. Je n'ai rencontré que ton frère...

— Ton ami? dit en souriant le marquis.

— Non, fit involontairement Brettecourt, le frère de mon
ami, et c'est tout. Que veux-tu? Je n'ai jamais sympathisé
avec lui. Cela date de loin; il t'a joué tant de vilains tours!

— Il faut pardonner à Honoré, répliqua vivement le
marquis. Il est venu au monde avec un caractère un peu
triste...

— Oh! mais il m'a reçu d'une façon charmante, s'écria
Brettecourt, désireux d'effacer la peine qu'il venait de faire
à ce noble cœur de Villepreux; et nous avons longuement
causé de toi.

— De moi?

— De qui donc aurions-nous parlé? De telle sorte qu'avant
même de t'avoir vu, je suis renseigné, et très exactement,
sur tout ce que tu as fait depuis mon dernier congé... sur la
grande sagesse qui s'est emparée de toi tout d'un coup, sur la
mélancolie qui a succédé à ta folle gaîté d'autrefois, prélu-
dant bien au grand acte que tu vas accomplir... Et je n'attends
plus qu'un mot de toi, pour te complimenter sur ton mariage :
Mlle de Persant est une adorable jeune fille; et il n'y a
qu'une mère comme la tienne pour vous tenir en réserve un
pareil bijou.

— Mlle de Persant a donc su conquérir une petite place
dans ton cœur?

— Une grande, mon ami, puisqu'elle sera ta femme : je
l'ai vue, plusieurs fois, à Angoville, pendant les vacances ; et
si la jeune fille a tenu ce que promettait l'enfant ..

— Oui, elle est de tous points accomplie, déclara Villepreux ; et je suis heureux, très heureux que ton opinion sur
elle soit si flatteuse.

III

LA CONFIDENCE

— Mais où diable veux-tu en venir? s'écria Brettecourt
très surpris. Tu parles avec une gravité...

— C'est qu'il s'agit réellement de choses très graves. Ecoute-
moi bien. Tu sais, comme tout le monde, que ma mère veut
me donner pour femme sa pupille, Mlle Juliette de Persant.
Elle ne m'avait jamais parlé ouvertement de ce mariage ; mais
elle vient de me faire connaître son espérance, la plus chère
de toutes ses espérances, m'écrit-elle... Elle a retiré sa pupille
du couvent de Rennes où s'achevait son éducation ; elle n'a
pas eu le courage de se priver encore d'elle jusqu'aux grandes
vacances. Et elles m'attendent, toutes deux, à Angoville... où
je ne me rendrai cependant pas, en ce moment ; car... je ne
peux pas épouser cette enfant !

— Parlerais-tu sérieusement? Tu me fais peur !

— Si sérieusement, répondit Villepreux avec un grand
calme, que j'avais songé à aller te trouver en Afrique,
pour te confier mes projets. Tu es le seul ami à qui je
puisse ouvrir mon cœur. Dans les circonstances cruelles de
la vie, on a besoin, sinon de demander des conseils, qu'on ne
suit généralement pas, du moins de dire ses angoisses...

— Est-il possible que tu n'aimes pas Mlle de Persant?

— Je l'aime, Henri, mais comme on peut aimer une enfant
qu'on a fait sauter sur ses genoux, dont on a guidé les pre-

miers pas, dont on a pris l'habitude de se considérer comme
le protecteur... C'est moi, je te donne là un détail enfantin
mais qui te fera tout comprendre, c'est moi qui lui ai montré
ses lettres quand elle a appris à lire... J'aime Juliette, oui! mais
pas comme on doit aimer sa femme !

— Ton affection deviendrait bien vite de l'amour...

— Non! déclara énergiquement Villepreux. Il y a un an
encore, j'aurais raisonné comme toi, parce que, il y a un an,
je ne connaissais pas l'amour... le véritable amour !...

Lentement, Brettecourt prononça :

— Jean, tu aimes une méchante femme !

Villepreux devint blême.

— Tu parles sans savoir, murmura-t-il; oui, j'aime !...
Tu connaîtras tout à l'heure l'histoire de mon amour ; mais,
laisse-moi d'abord m'occuper de toi, de Juliette... Ton
cœur est libre, n'est-ce pas?

— Parbleu ! fit légèrement Brettecourt..

— Eh bien, suppose qu'il n'ait jamais existé de projet de
mariage entre Juliette et moi, et qu'on veuille te la donner!
Entre toi et moi, il ne saurait exister aucune susceptibilité;
or, je n'épouserai jamais Juliette; elle est riche, noble, belle;
elle sera courtisée pour son argent; son mariage ressemblerait
alors à tous les mariages de notre monde et serait par suite
mauvais. Ce serait un remords terrible pour moi. Toi, tu n'as
plus grand'chose, puisque ton pauvre père est mort ruiné ;
mais je sais qu'aucun sentiment d'intérêt n'influerait sur ta
volonté; tu es le seul homme que je veuille pour le mari de
Juliette, le seul qui assurera son bonheur...

— Mais si elle t'aime déjà?

— Affection de sœur, ami! Et tu n'auras qu'à paraître, à
te montrer tel que tu es, si bon, si brave, si généreux, portant si dignement ton grand nom; et la chère enfant t'aura
bien vite ouvert son cœur... Vois-tu, il se passe en moi des
choses si graves que je m'imagine parfois que je pourrais
mourir; et alors, je veux unir les deux êtres que j'aime le
plus au monde après ma mère !...

— Et... cette femme? interrogea anxieusement Brettecourt.

— Oh! elle! s'écria Villepreux en lui serrant violemment
la main, il y a des moments où je crois que je l'aime plus que
tout, plus que ma mère elle-même !

Brettecourt fut bouleversé par l'animation de son ami.

— Villepreux, quand un amour est si violent, il faut le craindre. Un amour qui peut diminuer l'affection d'un fils tel que toi !... Ami, il faut arracher un tel amour de ton cœur ! Tu avais raison : je reviens à propos pour lutter contre toi-même !

— Arracher mon amour de mon cœur ? fit Villepreux, avec un regard jeté vers le ciel ; tu en arracherais plutôt la vie ! Pour la seconde fois, tu viens de blâmer, d'insulter presque mon amour... Si tu savais ! Tu ne connais que ces coquettes du grand monde ou du mauvais — elles sont aussi dangereuses les unes que les autres — qui passent leur vie à se moquer de nous, et dont l'amour malsain suffit à empoisonner toute une existence. Mais, Brettecourt, j'aime une jeune fille, noble et belle malgré l'obscurité de sa naissance... Et cet amour durera toute ma vie, puisque, en quelques mois, il m'a complètement transformé...

Villepreux demeura quelques minutes immobile, silencieux. Puis il reprit :

— Oui... Je vivais, insouciant de tout, songeant simplement à bien assurer le bonheur de ma mère, et, pour toutes les autres choses de la vie, me laissant aller au courant habituel ; je n'avais jamais réfléchi à l'avenir... Je n'avais jamais songé au mariage. Je vivais heureux, ou plutôt me croyant heureux, libre, indifférent... quand tout à coup cet amour a pénétré en moi, faisant de moi un homme. Jusqu'au jour, vois-tu, où une femme s'est donnée à vous, n'ayant plus confiance qu'en vous, ne comptant plus que sur vous, on n'est qu'un enfant ! Le véritable amour vous fait comprendre la vie avec tous ses devoirs, toutes ses difficultés, mais aussi avec ses bonheurs profonds, durables, certains !... Si tu connaissais celle qui l'a causé, tu me comprendrais mieux ! C'est une simple ouvrière, une pauvre petite ouvrière en lingerie ! Ses parents appartenaient à la bourgeoisie ; mais ils sont morts, la laissant, elle et sa grand'mère, avec qui elle vit, dans un état voisin de la misère. La jeune fille que j'aime, moi, Jean d'Angoville, marquis de Villepreux, moi qui possède des millions, est une simple ouvrière. Je l'aime depuis plusieurs mois ; *et elle est toujours une simple ouvrière.* Pour elle, d'ailleurs, je ne suis pas le marquis de Villepreux, mais un modeste étudiant, qui l'épousera après avoir pris son titre de docteur en droit.

Ce vieux roman du *Lion amoureux*, qui te semblera peut-être bien banal, a changé toutes mes pensées. La pureté de sentiments qui nous a d'abord unis contrastait si vivement avec les légères amours que j'avais eues jusque-là, qu'il n'a fallu que quelques jours pour me montrer l'inanité du bonheur mondain... J'ai passé des heures délicieuses dans les deux chambrettes qui servent de logement à la grand'mère et à la petite-fille... Et, un jour de folie, j'ai abusé de sa douceur, de son innocence; et depuis, nous sommes unis par le plus sacré, le plus respectable de tous les liens...

— Un enfant ?

— Qui naîtra dans quelques mois! — Ah! quand elle m'annonça cela, elle pleurait d'abord... Elle tremblait à l'idée d'avouer à sa grand'mère la faute commise... Et puis, peut-être y avait-il aussi, dans son esprit, une crainte vague que cela ne refroidît ma tendresse... Je la rassurai bien vite : cet enfant, ce fils — mon cœur me dit que c'est un fils — portera mon nom ! Me blâmerais-tu, Brettecourt ?

— Moi ! Te blâmer de faire ton devoir d'honnête homme?

— Ah ! que ta parole me fait de bien !

— Mais je l'aimerai, ton fils! s'écria Brettecourt entraîné. Quelque chose me dit, à moi aussi, que ce sera un fils !

— Cette nouvelle, vois-tu, m'a bouleversé. Il m'a semblé que ce n'était pas seulement dans son sein, mais dans le mien en même temps, que notre enfant tressaillait. J'étais père, Brettecourt! Aucune parole au monde ne peut exprimer ce que j'ai ressenti. J'aurais voulu l'annoncer publiquement, fièrement ! Et j'ai dû me taire ; c'est ma seule souffrance...

— Et ta mère ?

— Ah ! ma mère !... Je n'ai pas osé lui avouer la vérité, de même que je n'osais plus retourner chez ma fiancée, avant que cette situation ait été complètement dénouée... Je n'osais même plus écrire à la pauvre enfant, ne sachant que lui dire, n'ayant plus la force de mentir !...

— Je crois bien connaître ta mère, dit Brettecourt: elle aimera l'enfant. Pourrait-elle ne pas aimer ce qui vient de toi?... Mais la mère de l'enfant!...

— Je ne les séparerai jamais l'un de l'autre! déclara noblement Villepreux. Et tu arrives au moment où je prends pour cela les dispositions nécessaires : j'allais écrire à ma mère ; c'est toi qui iras lui parler en mon nom...

— Je préférerais que tu m'ordonnes d'enlever trois drapeaux à l'ennemi; cependant je ferai ce que tu voudras.

— Depuis que je sais que je suis père, que j'ai pu créer une vie nouvelle, j'ai pensé à la mort, reprit Villepreux avec une gravité mélancolique. Je suis sûr que toi, qui vis continuellement en face d'elle, tu n'y as jamais réfléchi autant que moi...

— Je t'avoue que je n'y songe jamais beaucoup !

— Tandis que c'est une pensée constante chez moi : je me dis sans cesse que je puis mourir tout à coup, sottement, en tombant de cheval, ou en me battant en duel... Tiens, notre camarade Vauchelles est un brave et charmant garçon; mais il m'ennuie en se moquant, depuis quelques jours, de ma mélancolie; que je lui réponde un mot désagréable, il prendra la mouche, et il est de première force à l'épée... Tout cela n'est pas probable; mais enfin je pense sans cesse à la mort, et j'ai voulu prévenir ce qui se passerait après. Mon notaire a reçu l'ordre de préparer mon testament; ce testament est prêt, sauf les noms, que je lui donnerai cet après-midi : je veux, par un acte authentique, reconnaître d'avance mon enfant et lui laisser ce que la loi m'autorise à lui léguer. Après cela, j'attendrai plus tranquillement l'avenir.

Villepreux s'était tu ; Brettecourt réfléchissait. Il dit enfin :

— Je ne te poserai aucune question injurieuse ; il me semble impossible que tu te sois trompé... qu'on t'ait trompé ! Avant de la connaître, j'estime la jeune fille que tu aimes... Je craignais pour toi quelque amour pernicieux, et tu m'aurais alors trouvé impitoyable. J'irai donc trouver ta mère; et, bien doucement, bien respectueusement, je l'amènerai insensiblement, ou du moins je l'essaierai, à envisager sans colère ta situation; je serai même rusé — on apprend la ruse à la guerre — je la prendrai par l'enfant... Et puis, l'indulgence des mères est comme celle de Dieu, si grande !... Peut-être ton bonheur s'accomplira-t-il? Je ne te demande qu'une chose, que ma conscience m'impose : je veux voir ta fiancée !

— Tu la connaîtras ce soir, dit simplement Villepreux.

En ce moment, un domestique du cercle vint prévenir le marquis que son maître d'escrime l'attendait, dans la salle d'armes, pour lui donner sa leçon habituelle.

Brettecourt proposa aussitôt :

— Ah ! mais non ! Laisse ta leçon et faisons tous les deux un bon assaut d'épée, comme autrefois ; cela me déliera. — Mon plastron et mon masque sont toujours là ?

— Oui, monsieur le comte, répondit le domestique ; je n'ai qu'à en faire enlever la poussière.

IV

L'ACCIDENT

Quoique à cette époque l'escrime ne fût pas un sport à la mode, comme elle l'est devenue de nos jours, le cercle de l'Union possédait une ravissante salle d'armes, où le vieux maître Grandier apprenait aux jeunes hommes du Faubourg le noble jeu de l'épée. Décorée avec simplicité, mais dans un goût parfait, ornée de quelques peintures et de vieilles armes, elle rappelait ces salles basses des châteaux d'autrefois, où les écuyers montraient aux pages l'art de la guerre. Tout un panneau était garni par une panoplie représentant l'histoire de l'épée, depuis l' « espadon » à deux tranchants de nos aïeux jusqu'aux mignonnes épées de combat modernes, en passant par les « rapières » des favoris d'Henri III et les « carlets » des élégants de la cour de Louis XV. Il y avait même des pièces historiques, telles que ce « flamard » d'un aïeul des Villepreux, contemporain de Louis XI, qui, pour faire sa cour au roi, avait, comme lui, fait graver un *Ave Maria* de chaque côté de son épée ; il y avait aussi de ces épées courtes, bien pointues, avec lesquelles les Français triomphèrent à Bouvines des longues et lourdes épées allemandes.

Les deux amis furent accueillis, avec une familiarité respectueuse, par le vieux maître d'armes Grandier. Et Henri lui dit gaiement, en lui tendant la main :

— Savez-vous bien, Grandier, que c'est votre fameux

« coupé » qui, dans notre dernière rencontre avec les Arabes, m'a sauvé la vie?

Grandier, naturellement assez rouge, devint brique et balbutia quelques mots sur le courage bien connu de M. de Brettecourt; mais rien ne pouvait lui faire plus de plaisir qu'un tel compliment. Déjà, les deux amis se préparaient pour l'assaut, enlevaient leurs vêtements, mettaient leur plastron, leurs sandales, leur masque, et essayaient leur épées tout en s'alignant sur la planche. Tandis qu'ils tâtaient le fer, Grandier les contemplait: et, avec leur plastron qui rappelle la cuirasse et le masque semblable au heaume, il lui semblait voir jouter des chevaliers. Brettecourt avait un jeu terrible, rendu brutal par l'habitude des combats. Villepreux, avec sa parfaite élégance, sa correction impeccable, était un adversaire tout aussi dangereux. Grandier, qui aimait les vieux récits, leur dit :

— Jadis, à la fin des tournois, il arrivait qu'on donnât pour récompense une épée au meilleur assaillant et un heaume au meilleur défendant ; il faudrait vous donner à tous deux l'épée et le heaume.

Puis, il s'éloigna pour donner une leçon à un autre élève ; mais de temps en temps il se retournait et regardait ces deux-là, ses meilleurs. Bientôt, Villepreux et Brettecourt s'arrêtèrent et, se plaçant dans l'encoignure d'une fenêtre, reprirent leur conversation. Jean éprouvait un bonheur infini à pouvoir enfin parler de sa chère fiancée, lui qui depuis si longtemps était forcé de garder le secret de son amour!

Puis, se remettant sur la planche, il proposa :

— Encore un ou deux coups ! Voyons si tu me boutonneras aussi facilement que tes Arabes ?

L'assaut recommença ; et, durant quelques minutes, aucun des deux amis ne put toucher l'autre. Ils s'animaient peu à peu, tout à ce plaisir des armes qu'éprouvent avec tant de passion les fanatiques de l'épée. Grandier, de temps en temps, leur donnait un conseil, s'amusant à critiquer Brettecourt qui, à mesure que l'assaut s'avançait, devenait plus nerveux, bondissait, lançait son arme d'une façon saccadée. Villepreux, beaucoup plus calme, parvint à le toucher deux fois. Ils se reposèrent encore.

— Mais tu vas me donner ma revanche, dit en riant Brettecourt.

— Sais-tu que tu m'attaques comme si j'étais un Arabe?

— Eh! parbleu, je vais te faire le coup qui m'a débarrassé de mon dernier Bédouin.

Ils retombèrent en garde. Des membres du cercle étaient venus les regarder. Brettecourt, cherchant effectivement à refaire ce qu'il appelait le coup de son Bédouin, s'amusait à ne plus viser qu'à la tête ; et Villepreux, négligeant presque de l'attaquer, défendait sa tête d'un jeu si serré que son ami n'avait pas encore pu l'atteindre.

Au bout d'un instant, Brettecourt eut l'air de vouloir rompre ; Villepreux l'attaqua à son tour, le pressant avec vigueur. Le jeune officier semblait haletant ; mais, soudain, reprenant l'offensive, il se précipita sur Villepreux, « quitta le fer » de son ami, puis, le battant aussitôt d'un mouvement sec, l'écarta et, allongeant le bras avec une rapidité foudroyante, lui porta

Déjà les deux amis se préparaient pour l'assaut. (Page 22.)

un coup furieux à la tête... En ce moment, le vieux maître d'armes s'écriait, d'une voix angoissée par la terreur :

— Arrêtez, monsieur le comte, arrêtez! Votre épée est démouchetée! Arrêtez!

Il était trop tard !

L'épée démouchetée de Brettecourt avait déjà frappé le masque de Villepreux; et elle était lancée avec tant de violence que la pointe, se frayan' un chemin à travers les mailles du masque, avait atteint le marquis à l'œil droit.

Brettecourt éprouva cette impression si particulière que donne une arme pénétrant dans quelque chose de mou et faisant une blessure ; et cela était d'autant plus affreux pour lui qu'il avait éprouvé d'abord la résistance du masque.

Villepreux, en recevant le coup sur le masque, avait commencé de prononcer le mot : « Touché ! » Mais il ne l'acheva pas. Sa voix se perdit en un soupir étouffé : sa main laissa échapper son arme : et, pendant une demi-minute, qui sembla interminable à Brettecourt, il chancela sur la planche comme une masse insensible qu'une

Alors il se précipita à genoux devant lui.
(Page 25.)

force supérieure balance : puis, il s'abattit, sans un mot, sans une plainte. Et il demeura immobile, comme mort, aux yeux de son ami épouvanté :

— Villepreux! Villepreux! s'écria ce dernier.

Son ami ne répondit pas. Alors, il se précipita à genoux devant lui, murmurant d'une voix brisée:

— Mais ce n'est rien, n'est-ce pas?... Je t'en supplie, parle-moi!... Un mot seulement...

Aucun son ne traversa le masque qui couvrait encore le visage de Villepreux. Brettecourt saisit ce masque; mais, après avoir fait un premier mouvement pour l'enlever, il s'arrêta, saisi de terreur. Comment le visage de son ami allait-il lui apparaître?

Le vieux Grandier s'agenouillait aussi, soulevait un peu le corps du marquis. Les autres assistants, glacés d'effroi, les laissaient faire. Le maître d'armes murmurait:

— Courage, monsieur le comte... Il faut bien voir... Et puis, ce n'est peut-être rien, un simple évanouissement...

Grandier essayait de se tromper lui-même; il ne devinait que trop ce qui s'était passé derrière ce masque. Dans sa jeunesse, il avait été témoin d'un accident semblable. Brettecourt enleva enfin le masque avec des précautions infinies; et lorsqu'il vit l'œil crevé, étalé tout sanguinolent sur les bords de l'orbite, il eut un tel cri de désespoir que tous les assistants en furent remués. Puis, se redressant brusquement, il s'élança vers une panoplie où étaient accrochées de vieilles armes, arracha une de ces épées courtes que portaient les Français au treizième siècle; et, la plaçant contre sa poitrine, il se précipita, croyant tomber auprès de son ami...

Cet ami, c'était toute sa famille; il l'avait frappé à mort, il voulait partir avec lui...

Et sans doute, s'il n'y avait eu, dans la salle, un homme qui ne le perdait pas de vue, il serait mort, exhalant sa belle âme dans une dernière pensée de fidèle amitié. Cet homme était, justement, le baron de Vauchelles, dont Villepreux lui parlait tout à l'heure, et qui avait deviné ce qui se passait dans l'esprit de Brettecourt; et, lorsque celui-ci voulut se précipiter sur l'arme qu'il avait détachée de la panoplie, il se sentit saisi par deux bras minces, mais nerveux, vigoureux, enlevé et porté dans une salle voisine, tandis que la voix nette, mordante, de Vauchelles prononçait:

— Pas de bêtises, hein! Vous n'avez pas le droit de disposer de votre vie!

Vauchelles, en disant ces mots, n'avait cru prononcer qu'une de ces phrases banales qu'on lance un peu au hasard pour prévenir une catastrophe.

— C'est bien assez d'un malheur! ajouta-t-il.

En lui-même, Brettecourt murmura: « Il a raison; *ma vie ne m'appartient plus...* Villepreux mort, c'est sa fiancée perdue dans la vie, abandonnée, son enfant sans père... Mon devoir est de le remplacer, d'être le père de cet enfant! » Puis, une nouvelle terreur le glaça; sa présence d'esprit lui revenait peu à peu : son ami ne lui avait pas dit le nom de cette jeune fille; comment la trouverait-il, puisqu'elle-même ne connaissait son amant que sous un nom supposé? Il se redressa brusquement; son visage avait pris une expression résolue.

— Ne craignez rien, Vauchelles. J'ai eu tout à l'heure un moment de faiblesse; pardonnez-moi ! J'aimais tant Villepreux ! Mais j'aurai le courage de supporter mon malheur.

Il revint dans la salle d'armes et s'agenouilla devant le corps de son ami, le regardant d'un œil hébété; et il se mit à pleurer lentement, enfantinement, avec des hoquets convulsifs qui, par moments, le secouaient tout entier.

Cependant, le vieux Grandier, aidé par quelques membres du cercle, donnait les premiers soins au marquis de Villepreux.

— Quel chagrin pour moi qui les aimais tant tous les deux ! murmurait le maître d'armes.

Vauchelles défaisait le plastron, tâtait la poitrine.

— Il respire encore, dit-il à voix basse :

— Mais si peu, monsieur le baron !

— L'œil est bien perdu.

— Ah ! si ce n'était que l'œil !

Et Grandier, d'un signe de tête, montra l'arme de Brettecourt; il n'était que trop facile de deviner à quelle profondeur elle avait pénétré dans le cerveau.

En attendant l'arrivée d'un médecin, qu'un domestique était allé chercher, les membres du cercle qui avaient assisté à l'assaut se répandaient dans toutes les salles, annonçant la sinistre nouvelle. Et c'était un défilé de tous ces hommes dans la salle d'armes; ils n'y passaient que peu d'instants, moins pour échapper au spectacle de ce corps à peu près inanimé qu'à celui de la douleur de Brettecourt, qui faisait mal à voir.

Quelques instants plus tard, le docteur Delmas pénétrait dans la salle d'armes. Par suite d'un hasard qui était presque une consolation au milieu d'une telle catastrophe, c'était le médecin de la famille de Villepreux; on avait pu le prendre au moment où il partait pour ses visites de l'après-midi.

En voyant ce médecin, qui allait prononcer l'arrêt suprême, Brettecourt se releva d'un seul mouvement et, glacé d'effroi, alla se plaquer contre le mur: on eût dit un criminel attendant sa condamnation.

M. Delmas, ne songeant qu'au blessé, ne vit pas Brettecourt. Il s'agenouilla devant Villepreux, étudia d'abord sa respiration, lente, à peine perceptible, le pouls qui était très faible; il n'eut pas besoin d'examiner longuement la blessure : il regarda plutôt les mains, les pieds, qu'il fit mettre à nu et qui étaient froids, livides; il regarda aussi l'épée. Puis, tristement :

— Ce pauvre jeune homme est perdu. Ce n'est plus qu'une question d'heures...

— O mon Dieu! s'écria Brettecourt.

Et ses sanglots éclatèrent de nouveau, si douloureux, si lamentables, que le médecin courut à lui.

— Pardonnez-moi, mon enfant, d'avoir été si brutalement franc; je ne vous avais pas vu. Et soyez courageux! J'étais l'ami de votre famille, comme celui de la famille des Villepreux, et je me chargerai, s'il le faut, d'annoncer à la marquise, dès qu'elle sera de retour à Paris, que la fatalité est seule coupable.

— Merci, docteur, merci! s'écria Brettecourt en lui serrant la main. Je viens de le promettre à mon ami de Vauchelles: je saurai être fort, je le dois, pour des motifs peut-être encore plus graves que vous ne le supposez. Mais j'ai une suprême prière à vous adresser... au nom de mon pauvre ami...

— Parlez!

— Reprendra-t-il connaissance?

— Je n'ose pas vous en répondre.

— Il est irrévocablement perdu?

— Irrévocablement!

Brettecourt se cacha le visage dans les mains, réfléchissant à cette cruelle impasse: son ami mourrait-il donc emportant son secret?

— Cependant, reprit-il, ne croyez-vous pas, qu'avant de mourir, il fera un dernier effort, qu'il prononcera quelques mots?... Comprenez-moi bien, docteur : le marquis de Villepreux avait une chose à me dire, une chose d'une importance capitale; je suis certain que, s'il revenait à lui, ne fût-ce qu'une seconde, cette chose, *un simple nom*, il la dirait aussitôt...

Le médecin secoua la tête :

— *Le cerveau est transpercé...* Votre ami va s'éteindre lentement; je doute qu'il puisse prononcer la moindre parole avant de mourir.

Brettecourt chancela, Vauchelles dut le soutenir.

— D'ailleurs, ajouta le médecin, nous allons le rapporter chez lui; ne le quittez pas.

Brettecourt frissonna des pieds à la tête : pénétrer dans cette maison, ce vieil hôtel des Villepreux, lui qui venait de frapper l'héritier, l'aîné de cette glorieuse famille! Mais il se raidit et prononça d'une voix éteinte :

— Je vous suivrai : il faut que je reçoive le dernier soupir de mon ami.

— A-t-on prévenu son frère ? demanda le médecin.

Le frère du marquis de Villepreux! Non, personne n'avait songé à lui. Tous avaient songé à sa mère, à la vieille marquise, qui, on le savait bien, ne vivait plus que par son fils; mais on avait oublié le frère. On ne le voyait jamais avec lui, il vivait à part des amis de son frère qui ne l'aimaient pas, qui ne connaissaient que trop son caractère envieux, jaloux.

— Et sa mère? interrogea Vauchelles.

— La marquise est partie depuis peu de jours pour Angoville, répondit le médecin.

— Faut-il lui télégraphier?

— Je crois qu'il est préférable de ramener le marquis à son hôtel, et son frère se chargera de prévenir leur mère.

— C'est plus correct en effet, dit Vauchelles. Et je me mets à votre disposition, si je puis vous être utile.

— Alors, voulez-vous vous charger de prévenir M. Honoré de Villepreux?

— J'y vais.

Pendant l'absence de Vauchelles, le corps de Jean fut étendu sur une civière, qu'on était allé demander à un poste de police. Vauchelles revint bientôt, annonçant que le comte de Villepreux ne se trouvait pas à l'hôtel au moment où il y était arrivé, mais que les serviteurs préparaient tout, à la hâte, pour recevoir le corps du marquis.

— Partons, dit le médecin.

Le sinistre cortège se mit en route. Le docteur Delmas et Brettecourt s'étaient placés de chaque côté de la civière, entre les hommes qui la portaient; et, de temps en temps, l'un ou l'autre soulevait un peu la toile blanche rayée de bleu, pour examiner Villepreux. Le malheureux ne bougea pas une seule fois, ne poussa même pas un soupir. Sans l'affirmation du médecin, que la vie ne s'était pas encore envolée, Brettecourt aurait cru son ami déjà mort. Vauchelles, le maître d'armes Grandier et quelques membres du cercle venaient en arrière, mornes, silencieux.

Ils arrivèrent enfin à la rue Saint-Dominique, et Brettecourt reconnut de loin la haute porte majestueuse, datant de Louis XIV, qui ferme la grande cour, au fond de laquelle s'élève la demeure des Villepreux. Un valet de pied, qui guettait devant cette porte, aperçut le cortège, donna un ordre ; et l'on ouvrit à deux battants.

Au moment où l'on pénétrait dans l'hôtel, Brettecourt se rappela soudain des choses de jeunesse qui rendirent plus atroce encore la douleur qui l'étreignait. Cette porte, qu'on ouvrait aujourd'hui à deux battants, devant son ami mourant, on l'avait ouverte ainsi, pour le recevoir, lui, et le recevoir avec grand honneur, le jour où il avait porté, pour la première fois, l'uniforme d'officier français. Et comme il connaissait bien cette grande cour, où, enfant, il avait tant joué ! et les communs, les écuries, les remises, à droite et à gauche, masqués par des rangées de fusains et de mélèzes. Et, devant lui, la noble façade de l'hôtel, ses larges et hautes fenêtres, si gracieuses dans leur majesté ! Et le perron à forme évasée, sur lequel Jean de Villepreux et lui tombaient en se poursuivant ! Une chose surtout lui fit mal, la vue d'une petite porte donnant sur un escalier, dont se servaient seulement les intimes, et qui permettait d'accéder à l'appartement du marquis sans traverser l'hôtel, sans déranger sa mère. Que de fois il était passé par là, sans se faire annoncer, comme s'il avait été chez lui !

— M. le comte n'est pas encore rentré ? interrogea le médecin.

— Non, monsieur, répondit Polydore Guépin ; et nous ignorons où il est allé. Il est sorti à cheval vers deux heures.

On traversait le grand vestibule, au fond duquel était le vaste escalier d'honneur avec sa rampe de fer forgé.

Au moment où les porteurs prenaient leurs dispositions pour monter le corps horizontalement, un pas hâtif retentit dans la cour, et un petit homme se précipita dans le vestibule, haletant, la figure décomposée.

— M. Florimont! s'écria le médecin.

M⁰ Florimont, notaire de la famille de Villepreux, respira d'abord ; depuis la porte de la rue, où il avait appris le malheur, il avait couru trop vite. Il prononça enfin:

— Quelle catastrophe !

Le médecin répondit par un signe de tête,

— Mais une catastrophe bien plus grave que vous ne pouvez le supposer ! s'exclama le notaire. Le marquis devait aujourd'hui même faire son testament...

Brettecourt tressaillit ; il avait oublié ce notaire, dont son ami lui avait parlé au milieu de ses confidences.

— Ah ! monsieur, supplia-t-il, ne nous quittez pas ! Vous connaissiez les volontés du marquis, je les connaissais aussi. Mais il vous manque un nom, n'est-ce pas ?

— Il devait *tout* me dire aujourd'hui. Certes non, je ne vous quitte pas ; mon devoir m'ordonne de surprendre toute parole qui échapperait au marquis.

Le médecin eut un geste de doute.

— Dieu permettra peut-être ce miracle ! dit Brettecourt, qui ne voulait pas désespérer.

Et il s'engagea dans l'escalier, suivi du médecin et du notaire. Vauchelles, et les autres membres du cercle demeurèrent dans le vestibule, assez embarrassés, n'attendant plus que l'arrivée du comte de Villepreux pour se retirer.

Déjà le marquis avait été déposé sur son lit, devant lequel Brettecourt s'était jeté à genoux : et il tenait, serrée dans ses deux mains, une des mains glacées de son ami; et il guettait ses lèvres, s'imaginant à chaque instant qu'elles allaient s'agiter, prononcer le nom de l'aimée...

Soudain, le galop d'un cheval retentit ; et le docteur Delmas, soulevant un rideau, prononça :

— Le comte de Villepreux.

Le frère du mourant fut reçu dans la cour par Polydore Guépin ; et les premiers mots du valet de chambre furent une odieuse flatterie :

— Monsieur le marquis, M. votre frère se meurt. M. de Brettecourt l'a blessé dans un assaut, au cercle de l'Union!

Honoré de Villepreux jeta un étrange regard à cet homme

qui le saluait d'un titre auquel, son frère vivant, il n'avait aucun droit. Et, très froidement, sans que la moindre émotion pût se lire sur son visage, il dit :

— Suivez-moi, Guépin.

Il sauta de cheval, se précipita dans l'antichambre, où il fut arrêté quelques secondes par les poignées de main de Vauchelles et de ses amis, qui se retirèrent aussitôt. Vauchelles lui dit seulement :

— N'accusez que la fatalité !

Déjà Honoré gravissait l'escalier ; mais, arrivé dans la galerie du premier étage, sur laquelle s'ouvrait l'appartement de son frère, il s'arrêta. Polydore, qui l'avait suivi, dit alors très bas :

— Il y a, auprès de lui, M. de Brettecourt, le docteur Delmas et M. Florimont...

— Le notaire ?

— Oui, monsieur le marquis. M. Votre frère avait préparé son testament ; mais il y manque le nom du... ou « de la » légataire. Et ces messieurs espèrent bien qu'il le prononcera avant de mourir...

Un mouvement imperceptible de colère plissa les lèvres d'Honoré. Il se frappa le front, réfléchit une seconde, puis pénétra brusquement dans l'appartement de son frère. En voyant Brettecourt agenouillé, et si attentif devant le mourant, il s'arrêta et sembla se raidir, comme un homme qui maîtrise une grande colère. Puis, il s'avança, prit Brettecourt par le bras, le releva et l'écarta, sans avoir prononcé une parole ; mais son regard, froid, hautain, disait très nettement :

— Votre place n'est pas ici !

Brettecourt n'osa pas résister. Il se recula lentement et s'appuya contre le docteur Delmas en sanglotant. Honoré avait pris sa place et baisait la main de son frère, pleurant lui aussi. Il murmurait :

— Mon frère chéri... Jean !... Jean !... Jamais je ne saurai te remplacer auprès de notre mère...

Il y eut ensuite un court silence, pendant lequel Honoré examina son frère aussi attentivement que Brettecourt l'avait fait tout à l'heure.

« Il est bien perdu, songeait-il ; mais si, dans un dernier effort, il allait parler, essayer de me voler mon héritage ?... »

Il se releva ; et, s'adressant au docteur et au notaire, feignant de ne pas voir Brettecourt :

— Quelqu'un a-t-il prévenu ma mère ?

— Non, monsieur le comte, dit le médecin ; nous avons voulu vous laisser ce soin.

— Aura-t-elle le temps d'arriver ?

Il devinait bien que non : mais il n'avait pas l'audace de demander ouvertement combien son frère avait encore d'heures, de minutes peut-être, à vivre. Le médecin secoua la tête ; puis, s'approchant du lit, il tâta la main du marquis, écouta les faibles battements de son cœur, examina ses lèvres par où ne passait plus qu'un souffle à peine perceptible. Et il murmura :

— Courage, monsieur le comte !

— C'est fini ? balbutia Honoré.

— Ce sera fini... dans quelques instants, hélas !

V

LE NOUVEAU MARQUIS DE VILLEPREUX

Son frère n'avait donc plus que quelques minutes à vivre ! Dans quelques minutes, il serait enfin le marquis de Villepreux, l'héritier du titre, de l'immense fortune ; mais il suffisait d'un hasard pour briser tout cela : que son frère, avant de mourir, eût la force de prononcer une phrase... ou même de dire simplement un nom, qu'entendraient son fidèle ami de Brettecourt et le notaire Florimont, et son avenir, sa fortune étaient encore menacés... Il ne connaissait que trop la préférence si grande de sa mère pour son frère !

— Messieurs, dit-il d'un ton dominateur, dans un pareil moment, seuls les membres de ma famille peuvent rester dans cette chambre ; je vous prie donc de vous retirer.

Brettecourt poussa quelques soupirs, en faisant des gestes égarés, et il se recula instinctivement. N'avait-on pas le droit de le chasser, lui, cause de tout? Il gagnait la porte; le docteur Delmas le suivait. Seul, le notaire essaya de lutter :

— Monsieur le comte, dit-il, il serait de la plus haute importance que je ne quitte pas votre frère mourant...

— Monsieur, interrompit le comte avec hauteur, je suis seul juge de ce qui doit être fait ici !

Puis, se radoucissant, mais très ferme :

— D'ailleurs, je ne vous demande pas de vous éloigner. Demeurez tous dans le petit salon qui est à côté de cette chambre. Si mon frère revenait à lui, et qu'il parlât, ou du moins qu'il désirât parler à l'un de vous, veuillez croire que je l'appellerais.

Jamais personne n'avait vu le comte de Villepreux aussi décidé, aussi énergique. Il reconduisit le notaire jusqu'au seuil de la chambre; et, là, il fit glisser une tenture qui se trouvait dans le salon, de l'autre côté de la porte. De cette façon, le notaire et Brettecourt pouvaient croire que, seule, cette tenture les séparait de la chambre du mourant... Mais ils espéraient bien entendre s'il appelait.

Déjà Honoré, avec des soins infinis, très lentement, très doucement, prenait le battant de la porte, le ramenait et le fermait... Les autres n'avaient rien entendu... Il était seul avec son frère.

Cinq minutes environ s'écoulèrent dans le plus grand silence; Honoré s'était rapproché du lit et contemplait le marquis. En ce moment, personne ne l'observant plus, il n'avait pas besoin de verser de larmes : son visage avait aussitôt pris du reste une expression dure, haineuse. Et, pendant ces cinq minutes, il songea à sa jeunesse, à ces années qui lui avaient semblé si longues, où son esprit envieux le faisait souffrir des moindres préférences données à son frère.

Honoré était le cadet, et cela seul avait fait jusqu'alors le malheur de sa vie. Malgré la Révolution, malgré les idées et les lois nouvelles, les Villepreux avaient respecté les coutumes anciennes. Pour eux, le fils aîné était un être supérieur, l'héritier, le chef de la famille ; les enfants qui venaient ensuite n'étaient que des cadets, c'est-à-dire des êtres réellement au-dessous de leur aîné, qui dépendaient de lui et devaient plus tard lui obéir. Le père de Jean et d'Honoré avait rigoureusement maintenu cette différence : il était mort, après avoir réalisé toute sa fortune personnelle et l'avoir donnée à son

aîné de la main à la main, afin d'éviter un testament qui aurait pu être attaqué; et la marquise lui avait d'autant plus
aisément promis qu'elle suivrait son exemple, qu'elle plaçait,
dans son esprit, son fils Jean bien au-dessus de son fils
Honoré.

Cet état de choses avait contribué à développer les qualités mauvaises d'Honoré et à étouffer en lui ce qui pouvait être bon et loyal. Tout enfant, il avait souffert dans son
orgueil : on l'aimait, on le soignait, on le gâtait même, mais
en lui donnant sans cesse son frère pour exemple. Dans
toutes les cérémonies de famille, la différence entre les deux
frères était bien nettement marquée; parfois même, son frère
assistait à des repas de gala, tandis qu'on l'éloignait de la fête,
où son âge lui aurait cependant permis de prendre sa place.

Son frère avait fait de brillantes études ; lui paresseux, peu
encouragé, était demeuré relativement ignorant. Son frère
avait aisément appris tous les sports; lui, avait failli se tuer en
tombant de cheval. Et cependant le cheval, les courses étaient
sa plus grande distraction. Son frère avait déjà ajouté un peu
de gloire à la gloire des Villepreux, par sa noble conduite comme volontaire, en Crimée , tandis que lui, n'était
encore parvenu à se signaler que par des duels peu dangereux. Son frère faisait partie du cercle de l'Union ; et lui,
qui aurait pu s'y présenter, ne l'avait pas tenté, sachant qu'on
ne l'y aimait pas et qu'on ne l'y recevrait que par égard pour
le marquis. Cela l'aurait humilié.

Il ressemblait beaucoup à son frère, mais d'une façon
mesquine : il n'avait ni cette haute taille, ni cette élégance, ni
ces beaux yeux, ni cette grâce naturelle qui faisaient de Jean
de Villepreux un des jeunes hommes les plus accomplis de
la noblesse. Honoré était un jeune homme moderne, plus
correct qu'élégant, plus calculateur que joueur. Quand il
pariait aux courses, c'était moins pour s'amuser, pour chercher des émotions que pour gagner pratiquement de l'argent.
Il se battait aisément en duel, mais pour chercher adroitement une réclame. Rien chez lui n'était naturel; il pesait
tout, calculait tout. Il n'avait jamais désiré l'amour dans ses
liaisons, mais le tapage, la gloriole d'être l'amant de femmes
à la mode.

Et partout on l'irritait, parce que partout on lui parlait de
son frère: il approuvait, en jouant remarquablement l'affec-

tion fraternelle, mais sa haine s'augmentait chaque jour. Il jalousait Brettecourt, il jalousait Vauchelles, il jalousait tous les amis de son frère. Et depuis quelques mois, il jalousait surtout cette inconnue qu'il avait devinée dans l'existence de son frère, sans cependant pouvoir soupçonner qui elle était.

Soudain, l'œil gauche de Jean, fermé jusqu'alors, s'entr'ouvrit, ses lèvres remuèrent lentement. Honoré se pencha vivement sur lui :

— Frère, je suis là.

Jean le regarda, comme stupéfait. Il articula péniblement :

— Brettecourt ?

Un dernier souffle de vie le ranimait.

— Brettecourt n'est plus là, dit fort naturellement Honoré.

Jean contempla son frère une minute. Et il vit une telle affection sur son visage que, plein de confiance, il lui dit son secret. Dans cet-

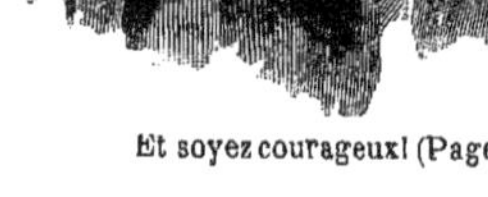

Et soyez courageux! (Page 28.)

te minute de réflexion, il avait rassemblé toutes ses forces; mais ce ne fut qu'avec la plus grande difficulté qu'il prononça:

— Femme... Enfant... Lettre notre mère...

Il s'arrêta un peu. Honoré, lui serrant la main, compléta sa pensée:

— Tu as une femme, un enfant?

— Oui, balbutia le marquis.

— Et... tu as écrit une lettre à notre bonne mère pour lui avouer la vérité?

— Oui.

— Où est cette lettre?

— Mon... secrétaire... testament...

— Bien, frère ! Compte sur moi... C'est moi-même qui remettrai ta lettre à notre mère.

— Ma femme... mon fils !... Je suis perdu... Je te les re-
commande... à toi... à Brette-court...

Il se tut encore. Honoré le crut mort ; mais il fit un dernier effort :

— Ma femme... ma mère chérie... Dieu !... mon fils !... oui, un fils !

Un noble orgueil éclaira son visage. Et, dans la pensée de ce fils qu'il venait d'entrevoir, il mourut.

Honoré se recula, épouvanté... C'était encore plus grave qu'il ne l'avait cru. Un fils ! Son frère laissait un fils !

Un moment, il fut comme affolé, au milieu de la chambre. Puis, assailli par une nouvelle crainte, il regarda la porte qui communiquait avec le petit salon... Si Brettecourt

seuls les membres de ma famille peuvent rester dans cette chambre.
(Page 33.)

ou le notaire étaient rentrés et avaient entendu ?... Mais
non. La porte était toujours fermée, il était bien seul.

Sans réfléchir, il se précipita vers cette porte, et il allait
l'ouvrir brusquement ; il perdait la tête. Mais quelqu'un veil-
lait pour lui : au moment même où il mettait la main sur la
poignée, il se sentit enlevé, ramené en arrière, tandis qu'une
voix toute basse murmurait :

— Monsieur le marquis oublie sans doute que cette porte ne doit pas avoir été fermée, et qu'il faut par suite la rouvrir bien doucement ?

Honoré reconnut Guépin, et un grand froid le parcourut tout entier.

— Par où donc êtes-vous venu ? balbutia Honoré.

— L'escalier de service mène directement dans le cabinet de toilette, répondit Guépin sans se troubler.

— C'est bien, retirez-vous dans ce cabinet.

— Pas avant d'avoir ouvert la porte du petit salon. Monsieur n'aurait certainement pas la main aussi sûre que la mienne...

Et Guépin ouvrit, en effet, le battant, sans que le moindre bruit eût été produit. Puis il repassa devant Honoré et lui jeta un regard familier.

Ce n'était plus un domestique, c'était un complice.

Dès que Guépin eut disparu, Honoré se précipita vers le salon, souleva la portière, et se montra, le visage en pleurs.

— Messieurs, dit-il, d'une voix étouffée, mon frère vient de rendre sa belle âme à Dieu !

Et il retourna auprès du lit, se mit à genoux et cacha son visage en sanglotant. Déjà, Brettecourt, le notaire et le médecin l'avaient rejoint. Brettecourt et le notaire s'étaient agenouillés comme lui. Le médecin constatait la mort.

Pendant quelques instants, il régna un grand silence, qu'interrompaient seulement les sanglots entrecoupés de Brettecourt. Le malheur causé par lui était irréparable. Son ami était mort, emportant son secret dans la tombe. Il ne lui restait qu'un espoir, c'est que peut-être Villepreux avait pu donner quelques indications à son frère ; peut-être avait-il parlé à voix basse ? Il osa lui demander :

— N'a-t-il rien dit?... N'a-t-il pas prononcé un nom... dans cette minute suprême ?

Honoré sembla très choqué de ce qu'on se permît de l'interroger dans un semblable moment ; mais il daigna répondre :

— Il n'a pas même repris connaissance.

Puis il retomba dans sa pose larmoyante, tandis que Brettecourt s'écroulait presque à terre, la tête appuyée contre le bois de lit, semblable à un chien fidèle...

Bientôt, on entendit des pas dans le grand escalier et l'escalier de service. La nouvelle s'était vite répandue dans l'hôtel; Guépin avait raconté que, comme il attendait à la porte, M. Honoré la lui avait annoncée. Et tous les domestiques accouraient. Plusieurs d'entre eux, vieux serviteurs de la famille qui avaient vu mourir le mari de la marquise, regrettaient qu'on ne les eût pas appelés plus tôt : ils auraient voulu assister, agenouillés, ne fût-ce que de loin, aux derniers moments du marquis. Et tous s'agenouillèrent dans le petit salon, rangés au cercle, et prièrent sincèrement pour ce maître si bon, d'une bienveillance si familiale.

Quant à Guépin, il donnait les signes du plus violent désespoir et ne cessait de répéter :

— Mon maître !... mon bon maître !... Mon cher maître !...

C'était un nouveau venu dans la maison que ce Guépin, un domestique très moderne, qui tranchait sur les vieux serviteurs de la famille. Naturellement on ne l'aimait pas beaucoup; mais on s'inclinait devant lui, parce qu'il était le valet de chambre du maître. C'est la marquise qui l'avait presque imposé à son fils; elle voulait que tout fût jeune autour de lui. Et Guépin, drôle cynique, était doué d'une telle puissance d'hypocrisie, qu'il avait persuadé à la marquise et à son fils qu'il leur était absolument dévoué.

Honoré jugea que son explosion de douleur avait assez duré, et que, par suite, celle des assistants ne pouvait durer plus longtemps. Il se releva, essuya ses larmes; et, d'un geste, il renvoya les domestiques. Seul, Guépin demeura à l'entrée de la chambre.

Puis, Honoré, s'adressant au notaire, au médecin, à Brettecourt, dit :

— Je vous remercie, messieurs, au nom de ma mère et au mien, des preuves de sympathie que vous nous donnez. Merci de tout mon cœur.

« Guépin, reconduisez ces messieurs.

Le médecin et le notaire allaient se retirer sans difficulté; mais Brettecourt semblait ne pas avoir entendu. Un sourire infernal glissa sur les lèvres d'Honoré; et frappant légèrement sur l'épaule de l'officier :

— Excusez-moi, dit-il, si je ne vous reconduis pas moi-même; mais vous me permettrez de ne pas quitter le corps de mon frère.

Brettecourt bondit et jeta un regard terrifiant à Honoré.

— C'est à moi... à moi que vous dites cela?

— Oui, monsieur! répondit fermement Honoré.

— Mais, pas plus que vous, je ne veux quitter votre frère !
Honoré sembla très peiné.

— Vous ne me comprenez pas, monsieur ! Faut-il que je
vous prie plus clairement de vous retirer?

— Mais je n'abandonnerai mon ami que lorsque la terre
retombera sur lui... Je suis son ami... son frère d'armes...

— Le marquis de Villepreux, dit sèchement Honoré, n'avait
pas d'autre frère que moi; et je suis désolé que vous me for-
ciez à vous faire observer que votre place n'est plus ici !

— Monsieur!

— Je ne saurais oublier que mon frère meurt victime d'un
accident dont vous êtes la cause, involontaire il est vrai, mais
dont vous êtes la cause...

Pour ma part, je vous pardonne; mais ma mère m'en
voudrait de vous avoir permis de demeurer plus longtemps
auprès du corps de votre ami.

Brettecourt chancela; ses yeux, fixés sur Honoré, s'ouvrirent démesurément. Et il allait peut-être tomber, quand le
notaire le prit dans ses bras.

— Venez, venez, monsieur le comte !...

Il l'entraîna. Tout le long des escaliers, dans le vestibule,
dans la cour, il murmurait avec égarement :

— J'ai tué mon ami... J'ai tué mon ami...

On avait le droit de le chasser de cette maison.

— Courage! dit le notaire. La plus grande douleur est pour
vous. Mais qui sait si vous ne pourrez pas réparer un jour ce
malheur... dont personne du reste ne saurait vous déclarer
responsable?

— Réparer?... fit Brettecourt, se dominant un peu. Oui, je
l'aurais pu, peut-être, s'il avait parlé... Mais non ! Dieu ne
l'a pas voulu... J'ai tué mon ami !... J'aurai le courage de
ne pas me tuer; mais on se bat assez souvent en Afrique
pour que je trouve le moyen de rejoindre mon pauvre
Villepreux!

Guépin avait respectueusement accompagné les trois hommes jusqu'à la grande porte de la rue; là, il s'inclina, d'un air
désolé. Puis il les suivit quelques secondes du regard.

— Tas de raseurs ! prononça-t-il. Mais retournons auprès de notre jeune maître, qui doit avoir quelque besoin de nous !

Honoré était demeuré seul dans l'appartement de son frère ; mais il n'avait encore eu la force de rien faire. Il était écrasé par ce superbe coup de fortune.

Pas un regret n'agitait son âme. Emporté par l'orgueil, il examinait d'un coup d'œil rapide cette chambre qui n'aurait jamais dû être la sienne, la chambre des marquis de Villepreux. La chambre qu'il avait eue, lui, était fort belle aussi, aussi richement meublée ; mais ce n'était qu'une chambre de cadet. Ici, c'était bien le logis de l'aîné, l'appartement auquel on n'avait pas osé touché depuis deux siècles. C'est là, dans un meuble Louis XIV, assez bas, large et épais, que se trouvaient les archives de la famille ; là qu'avait habité son père, là que, de la main à la main, il avait, à son lit de mort, remis sa fortune à son aîné. Tout ici lui rappelait sa situation de cadet, ses humiliations... qui cessaient tout d'un coup.

C'était lui, maintenant, le marquis de Villepreux !

Tout était à lui, désormais, titre, fortune. Plus rien ne pouvait menacer son avenir ; une seule complication aurait pu l'effrayer : cette femme, cet enfant... Et il allait être le seul à les connaître.

Cependant, Guépin rentrait dans la chambre. Il jeta vite un coup d'œil au secrétaire et sourit en le voyant toujours fermé.

« D'ailleurs, pensa-t-il, il ne trouverait rien sans moi. »

Honoré lui ordonna de prendre les dispositions nécessaires pour transformer en chapelle ardente la chambre de son frère. Puis, il rédigea cette dépêche :

« Ma mère, soyez forte ! Un malheur affreux vient de nous frapper. Jean est très mal. Venez immédiatement.

« HONORÉ. »

— Allez tout de suite au télégraphe, Guépin !

Mais Guépin envoya la dépêche par le concierge : il ne voulait pas quitter l'hôtel. C'est lui qui fit disposer la classique main de papier dans le vestibule, sur une table recouverte d'un tapis noir. Et il s'assura que tout avait bien l'allure correcte et compassée de la douleur moderne.

Deux domestiques parlaient à voix haute, il les réprimanda. Il soignait la mise en scène du désespoir de son nouveau maître; car il était bien certain de ne plus quitter Honoré de Villepreux.

Quand il remonta dans la chambre, les autres domestiques avaient tout préparé : une commode avait été transformée en petit autel, on était allé chercher de l'eau bénite à Sainte-Clotilde; et, dans la coupe d'onyx qui la renfermait, trempait une branche de buis, que la marquise avait suspendue, au-dessus du lit de son fils, le dimanche des Rameaux.

Il ne restait plus qu'à faire la toilette du mort. Guépin ne laissa ce soin à personne.

Et bientôt, Jean de Villepreux apparut, étendu dans son lit, vêtu de son habit, sur lequel tranchait le ruban bleu de la médaille de Crimée. La vue de modeste ruban amena, sur les lèvres d'Honoré, un imperceptible sourire. Il avait toujours trouvé ridicule la fierté avec laquelle son frère le portait.

Le nouveau marquis demeurait assis, dans un fauteuil, tout près de ce secrétaire qu'il gardait jalousement. Son visage caché dans les mains, il semblait écrasé de douleur; mais il suivait attentivement tout ce qui se passait. Enfin, il fut seul avec Guépin, qui avait renvoyé tous les domestiques, une fois la besogne terminée. Honoré se leva alors et s'avança vers le secrétaire ; mais Guépin, parlant très bas, dit :

— Si monsieur le marquis veut me croire, il attendra que tout le monde soit couché dans l'hôtel...

Honoré se rassit, vexé de trouver si justes toutes les observations du valet de chambre, n'osant pas lui résister, et éprouvant cette humiliation des grands qui ont besoin d'un petit. Et la nuit le surprit, portant alternativement ses regards, du cadavre de son frère au petit meuble qui contenait son secret.

VI

LA LETTRE

A soirée aurait paru interminable à Honoré de Ville-preux, si elle n'avait été coupée tout d'abord par la visite du médecin des morts. Ce médecin fut reçu par Honoré et même par Guépin au milieu de telles marques de désolation que, malgré l'indifférence que lui donnaient forcément ses fonctions, il crut nécessaire d'adresser quelques paroles de consolation au nouveau marquis de Villepreux. Honoré les accepta en sanglotant. Et, peu à peu, le bruit se répandait dans tout l'hôtel que M. Honoré était beaucoup plus tendre, beaucoup plus affectueux qu'on ne l'aurait cru.

Ensuite, il fit venir auprès de lui les vieux domestiques qui servaient spécialement sa mère, et leur donna les ordres les plus méticuleux afin que la marquise n'eût à s'occuper de rien à son retour.

Il prit aussi les dispositions nécessaires pour qu'un petit appartement, voisin de celui de sa mère, fût rapidement aménagé : c'est là que lui, désormais chef de famille, voulait que Juliette de Persant s'installât; la petite chambre de jeune fille, qu'elle avait occupée jusqu'alors, ne lui semblait plus suffisante. Cette sollicitude, pour une jeune fille, dont Honoré se montrait auparavant très jaloux, frappa tout spécialement.

Pendant cette soirée, autant pour tromper son impatience que pour surprendre sa mère le lendemain, Honoré, sans quitter la chambre de son frère, dirigea l'installation de l'appartement de Juliette : il faisait déplacer les jolis meubles,

les choses particulièrement délicates que renfermait l'hôtel, tout ce qui pouvait charmer l'œil d'une jeune fille, et le faisait porter dans la chambre qu'il donnait à Mlle de Persant.

Il savait bien pourquoi sa mère était partie de Paris si brusquement; et il ne doutait pas qu'elle ne ramenât Juliette, et pour toujours.

En ce moment, elle avait reçu sans doute sa dépêche, envoyée au château d'Angoville par un exprès; elle avait dû tout quitter, comme folle, faire atteler et rejoindre le train de nuit; elle arriverait le lendemain de bonne heure. Et il voulait lui dire à son arrivée :

— Juliette habitera désormais le petit appartement voisin du vôtre.

Lorsque minuit sonna, les domestiques étaient brisés de fatigue; et, malgré l'intention que plusieurs d'entre eux avaient manifestée de veiller leur maître, tous s'inclinèrent sans résistance quand Guépin leur dit :

— M. le marquis veut veiller seul le corps de son frère.

Une demi-heure plus tard, il revenait auprès du marquis et disait :

— Maintenant, monsieur peut agir en toute tranquillité.

Honoré se redressa et contempla quelques instants le visage glacé de son frère; puis tandis que Guépin verrouillait les portes, il se dirigea vers le secrétaire.

Il avait bien le droit de l'ouvrir maintenant: tout n'était-il pas à lui, ici ?...

Guépin le rejoignait :

— Voici la clef, monsieur le marquis.

Honoré eut un tressaillement nerveux; il était atrocement humilié de se trouver sous la dépendance de ce domestique qui savait tout, qui pensait à tout. Guépin le remarqua; et son regard audacieusement fixé sur le marquis, semblait dire :

« Te révolte donc pas, mon bonhomme... Tu ne peux pas te passer de moi ! »

Honoré avait pris la clef. La main un peu nerveuse, il ouvrit le secrétaire, et descendit la plaque, qui formait table en s'abaissant.

Devant lui, s'étalaient trois rangées de tiroirs. Il les enleva tour à tour et vida leur contenu sur la tablette.

C'était évidemment dans un de ces tiroirs que Jean avait enfermé la lettre destinée à sa mère.

Il déplia tous les papiers posés devant lui, reconnut des lettres de Brettecourt, de Vauchelles; mais il ne trouva pas trace de la lettre qu'il cherchait.

Guépin, planté derrière lui, le dévisageait en goguenardant. Honoré recommença deux fois son examen, visita de nouveau les tiroirs, mais inutilement. La lettre de son frère n'était pas dans le secrétaire. Brusquement il se retourna vers Guépin et lui jeta un regard irrité, ayant presque envie de lui crier :

— Vous l'avez donc volée?

Mais Guépin demeurait impassible, dans l'attitude du correct domestique, qui attend que son maître l'interroge.

— Ah çà! maître Guépin, m'auriez-vous fait de faux rapports depuis six mois ?

Guépin haussa les épaules.

— La preuve que je n'ai pas fait de faux rapports, c'est ce que M. le marquis a dit avant de mourir.

— Cependant, fit Honoré, tout démonté par la réponse si logique de Guépin, puisque je ne la trouve pas, cette lettre?...

— Monsieur n'a peut-être pas suffisamment cherché.

Il y eut un silence. Honoré se calmait: évidemment, il avait mal cherché; cette lettre, il la découvrirait tout à l'heure, cachée peut-être entre deux tiroirs.

Mais, avant de recommencer ses recherches, il éprouva le besoin de bien confirmer ses soupçons en questionnant Guépin.

— Voudriez-vous, maître Guépin, me résumer aussi rapidement que possible, tout ce que vous m'avez dit depuis six mois?

— Je ne demande pas mieux, monsieur, répondit Guépin, enchanté de faire valoir ses services dans une occasion aussi solennelle.

Donc, il y a six mois environ, M. le comte était sorti un soir, dans le but de suivre M. le marquis; et je me trouvais moi-même dehors, dans la même intention. Les nou-

velles allures de M. le marquis inquiétaient son frère, comme
son fidèle valet de chambre. Nous nous rencontrâmes...

— Passez, passez, Guépin...

— Si je répète cela, monsieur, c'est simplement pour rappeler que c'est M. le comte qui m'a chargé de cette besogne,
un peu trop basse pour lui, et qu'il s'en est fié à moi du soin
de surveiller les nouvelles amours de M. son frère. Le marquis
avait complètement abandonné ses anciens plaisirs...

J'ai cru longtemps que c'était pour une femme du monde
et qu'il ne se cachait si bien que pour éviter la colère d'un
mari jaloux.

Mais j'ai perdu cette conviction lorsque j'ai eu fait la
remarque que M. le marquis ne mettait jamais son habit
pour aller à ces rendez-vous, quoique ces rendez-vous eussent presque toujours lieu le soir: il s'y rendait en jaquette,
même en veston.

Ce n'était donc pas une femme du monde, pas même une
bourgeoise... A peine une toute petite bourgeoise!

Ici, le visage de Guépin prit un air de souverain mépris;
et, tirant un gant de sa poche :

— En voici la preuve, monsieur!

Ce gant de femme que j'ai découvert dernièrement dans
une de ses poches...

— Une jolie main! fit Honoré en prenant le gant.

— Des gants à vingt-neuf sous, monsieur, prononça Guépin. Et usés, recousus... Je pencherais, monsieur, pour une
ouvrière...

— Et... vous n'avez pas encore découvert sa demeure?

— J'ai fait un progrès, monsieur. D'habitude, M. votre
frère faisait tant de détours avant d'arriver à ses rendez-vous
qu'il m'avait été impossible de le filer complètement. Il avait
été à la guerre et savait dépister l'ennemi; et puis, il se
doutait peut-être qu'on l'espionnait. Mais, depuis quelque
temps, il prenait moins de précautions; et hier, j'ai acquis
la certitude que la demoiselle habite le Marais: j'ai perdu
M. le marquis, pour la seconde fois, dans le dédale des rues
du Temple.

Jean était allé la veille, en effet, jusqu'à la place des
Vosges; mais, ne sachant que dire à Marie, ne voulant plus lui
mentir, il n'avait pas osé pénétrer dans sa maison; et il avait

passé une partie de la nuit à errer dans les rues qui avoisinent la Place Royale.

— Bien, Guépin, dit Honoré, en lui tendant un billet de cent francs.

C'était le prix convenu de chaque renseignement nouveau. Mais Guépin refusa avec dignité.

— Oh! monsieur! Pas un pareil jour!

Et, regardant gouailleusement Honoré :

— Je serai bien assez récompensé, si monsieur le marquis veut bien me garder à son service.

Honoré, sans répondre, se tourna vers le secrétaire et chercha derrière tous les tiroirs.

Il ne trouva encore rien.

— Il y aurait donc un secret? murmura-t-il tout agacé.

Sans doute un secret que seul son frère connaissait! Guépin souriait en dessous; il dit :

— L'autre nuit, en rentrant, M. le marquis a écrit très longuement. Quand il a eu fini, il a murmuré, je l'ai parfaitement entendu :

« Je reverrai cela demain. »

Puis, il a rangé ses papiers, fermé son secrétaire, et s'est couché. C'est moi qui ai éveillé M. le marquis ce matin : il n'avait donc pas retouché à ses papiers. Il s'est habillé très vite et est monté tout de suite à cheval.

La lettre doit forcément se trouver là. Et si monsieur veut me permettre ?...

Honoré était décidément forcé d'en passer par les volontés du drôle.

Guépin s'installa devant le secrétaire.

— J'avais fait quelques remarques sur la façon dont M. le marquis ouvrait et fermait ce petit meuble...

Plaçant son pied contre le pied droit du secrétaire, il poussa vivement. En même temps il s'appuyait très fortement sur la tablette et, de ses deux mains, pressait à droite et à gauche sur une bande de bois de rose qui semblait incrustée dans un encadrement noir. Aussitôt, la bande de bois de rose bascula; et les deux hommes aperçurent une cachette de petite dimension qui renfermait des papiers. Honoré s'élança pour les prendre; mais Guépin avait été plus prompt que lui. Le digne valet de chambre s'en était déjà emparé et se reculait les tenant bien serrés dans sa main.

Honoré ne put s'empêcher de prononcer : « Drôle ! »

Guépin ne sourcilla même pas ; il dit simplement, tout en dardant ses yeux sur ceux du marquis :

— Je vais certainement remettre tous ces papiers à monsieur ; mais, auparavant, je prendrai la liberté de faire remarquer à monsieur deux choses : la première, c'est que, sans moi, monsieur n'aurait jamais trouvé ces documents ; la seconde, c'est que je pouvais m'en emparer et les remettre à Mme la marquise. Je désire simplement que monsieur me donne l'assurance que je ne le quitterai jamais !

— Eh parbleu, oui ! prononça Honoré, tendant la main pour prendre les papiers. Et si je trouve là ce que je cherche, vous recevrez dix mille francs, Guépin.

— Il y a plaisir à travailler pour monsieur le marquis, déclara mielleusement Guépin, qui entrevoyait beaucoup d'autres dix mille francs succédant aux premiers.

Honoré recommença deux fois son examen. (Page 44.)

Déjà Honoré lisait les premiers mots de la lettre de son frère.

« Ma mère chérie,

« C'est en tremblant que je vous écris... »

Une joie sauvage éclaira sa figure : il était maître de l'avenir.

En écrivant ces mots d'une main fiévreuse, Jean de Ville -
preux n'avait voulu faire qu'un brouillon, un projet de lettre

Je tremblais presque de l'avoir à mon bras. (Voir page 53.)

où il jetterait au hasard toutes ses pensées, se réservant de le corriger ensuite, de le raturer, d'en enlever tout ce qui lui semblerait de nature à choquer sa mère. Et cependant, quand, après l'avoir terminé, il l'avait relu hâtivement, il n'avait pas trouvé une phrase à changer, un mot à supprimer.

C'est qu'il avait écrit simplement, loyalement, son histoire, avec l'éloquence du cœur

« Ma mère chérie,

« C'est en tremblant que je vous écris... J'aurais dû vous dire de vive voix tout ce que vous allez lire, vous le dire en me mettant à vos genoux. Je n'en ai pas eu le courage, mais pas parce que je craignais de blesser votre orgueil... Je sais seulement que je vais vous causer une peine infinie, et cela me brise le cœur. Je voudrais être encore enfant, je trouverais alors peut-être des caresses si tendres que votre amour ne verrait plus en moi que la créature adorée en qui revit mon noble père ; et vous auriez, j'en suis

certain, un de ces moments de fol amour maternel où toutes
les indulgences semblent non seulement possibles mais natu-
relles aux vraies mères.

« D'abord, je vous dois la confession de ma vie, et je vais
vous la faire comme si j'étais devant Dieu. Autrefois, quand
j'étais si petit que vous me teniez sur vos genoux, vous m'ap-
preniez à dire mes fautes. Et, dans votre bonté, vous les par-
donniez toujours en un baiser.

« Jusqu'au jour où je suis devenu un homme, ma mère, je
n'ai certainement commis que des fautes légères, et j'ai toujours essayé de les réparer. Mais, vis-à-vis de vous, mère
adorée, j'affirme bien hautement que je n'en ai jamais commis.
Vous emplissiez mon cœur. Vous l'emplissiez à tel point que,
même au milieu de ces liaisons légères qui accueillent
les jeunes gens à leur entrée dans la vie, je songeais sans
cesse à vous. Malgré la fougue que j'apportais à mes plaisirs,
j'éprouvais une joyeuse satisfaction à me dire que pas
une jeune femme n'avait votre beauté, votre grâce, votre
bonté.

« Votre bonté! Ah ! que j'en ai besoin aujourd'hui !...

« Les années qui suivirent resserrèrent encore notre affection. Je comprenais mieux ce qu'est une mère. Jamais je ne
l'ai mieux compris que le jour où vous m'avez permis d'aller
me battre pour notre chère France. Quel sacrifice vous faisiez
alors! Et comme vous l'avez fait simplement! Celui que je
vais vous demander sera plus grand encore.

« Enfin, meilleure que bien des mères, vous avez voulu
vous-même me choisir une femme. Vous l'avez élevée, vous
l'avez faite semblable à vous. Et, sans aucune jalousie, vous
vous préparez à me la donner. Vous êtes partie pour Angoville plus tôt que de coutume; vous allez chercher Juliette à
son couvent. Vous ne m'en avez rien dit ; mais j'ai deviné
tout cela, et vous allez dévoiler vos projets à Juliette, qui
n'y est, hélas! que trop préparée. J'espère que ma lettre vous
arrivera assez tôt pour que le mal ne soit pas fait, pour que
vous n'ayez pas encore prononcé des paroles irréparables.
J'ai eu tort de ne pas enrayer le mal depuis longtemps;
mais je ne suis pas coupable; je ne savais pas... Je croyais
connaître la vie, je ne la connaissais pas. Je me disais tout
bonnement, avec un sot amour-propre, que lorsque vous en
auriez fixé l'époque, je daignerais consentir à mon union

avec Juliette. Et aujourd'hui, je viens vous demander de renoncer à ce mariage.

« J'aime Juliette, ma mère, comme une sœur chérie ; j'ai même pour elle une affection plus profonde : par moments, il me semble qu'elle est mon enfant. Et, toute ma vie, elle trouvera chez moi la tendresse et aussi la protection d'un chef de famille. Elle est encore trop jeune pour que l'amour ait fait de grands ravages dans son cœur. Elle ne me connaît, elle ne m'aime que par vous. Vous arracherez bien facilement mon image de son esprit ; et, comme vous voulez la marier, vous lui donnerez pour époux, mon frère d'armes, mon cher Henri de Brettecourt, que vous aimez aussi comme s'il était votre enfant... »

Arrivé à cette phrase, Honoré eut un sourire plein d'amertume et murmura :

— Je n'étais donc rien, moi?...

Puis il continua :

« Dès que je vous aurai adressé cette lettre, je partirai pour l'Afrique, j'arracherai Brettecourt à ses Bédouins qu'il malmène vraiment par trop, et je vous l'amènerai. Je sais d'avance que, sur ce point, vous consentirez ; et j'aurai réparé une partie du mal que je vous fais. Brettecourt, ayant passé presque toute son existence à se battre, apportera à Juliette un cœur vierge : je ne lui ai jamais connu de liaison. Je vous réponds, à moins de choses imprévues, de son consentement. Quant à Juliette, comment n'aimerait-elle pas ce noble et bel officier, qui porte si glorieusement son grand nom, et qui est si digne d'elle et de nous?...

« Et maintenant, ma mère, écoutez la prière que je vous adresse à genoux !

« Il y a une dizaine de mois, un peu las de la vie élégante que je menais, fatigué des distractions, toujours les mêmes, que je trouvais sur mon chemin, je cherchais de nouveaux plaisirs, de nouvelles impressions. J'avais beau consacrer mes matinées à l'étude, vous accompagner toutes les fois que vous le désiriez, il me restait de longues heures de loisir. Et je trouvais insipide la vie du club ou les moments passés dans les salons à écouter toujours les mêmes inutilités, les mêmes discussions sur les élégances et les mêmes scandales mondains.

« Une soirée, où l'ennui résultant de mon inactivité pesait plus lourdement sur moi, ce jeune fou de Vauchelles me pro-posa d'assister à une petite fête bourgeoise, à un de ces bals que donnent les arrondissements, sous prétexte de bienfai-sance, et qui sont de gros événements pour chaque quartier de Paris. J'acceptai en riant. Et nous voilà, Vauchelles, quel-ques fous comme lui et moi, nous acheminant vers le Marais.

« Je m'attendais, ma mère, à trouver une société ridicule, lourde, empesée; et, tout de suite, je fus charmé par la vue d'une foule de jeunes filles qui, dans leurs costumes tout simples, avec leur visage frais animé par le plaisir, offraient vraiment un bien délicieux spectacle. Et puis, tout le monde s'amusait dans cette salle de fête; tout le monde s'amusait de bon cœur. Vous ne sauriez croire combien ces réunions sont plus gaies que les nôtres. Les jolis sourires, les francs regards valent bien des diamants.

« Vauchelles fit mille folies; avec ses camarades, il orga-nisa des quadrilles, se donna pour un clerc de notaire et eut succès fou. Vers deux heures, affirmant que les mamans le couvaient d'un œil trop dangereux, il se retira pour aller souper avec sa bande. J'eus l'air de partir comme eux; mais je refusai de les accompagner. Et, dix minutes après, je revenais dans le bal. Je voulais revoir une jeune fille, dont le regard et le sourire m'avaient particulièrement attiré.

« Cette jeune fille ne dansait pas, et pour une raison fort simple, que j'ai à peine besoin de vous dire, car les passions et les intérêts sont aussi violents, dans le petit monde que dans le grand; c'est qu'elle était habillée avec une simplicité excessive. Placée dans un coin un peu sombre, se cachant pres-que, elle n'avait été remarquée par personne dans la foule des danseurs. Seul, Vauchelles l'avait aperçue; il m'avait dit :

« — Regarde là-bas, cette tête de madone.

« — Invite-la, avais-je répondu.

« — Elle a l'air trop fragile; j'aurais peur de la casser.

« Vauchelles est le seul de mes amis qui ait vu cette divine jeune fille. Et aujourd'hui, il ne doit même plus se souvenir de son visage. De temps en temps, elle causait avec une vieille dame, en qui je devinais sa grand'mère; mais ses yeux étaient sans cesse dirigés vers le bal, ce bal auquel elle ne prenait aucune part, et qui l'amusait pourtant.

« Je m'étais rapproché d'elle, et, me dissimulant dans

l'embrasure d'une fenêtre, je l'observais avidement. Je m'amusais à deviner qui elle était. La grand'mère avait une robe ancienne en belle soie, et ce seul détail me disait qu'elles avaient été plus riches autrefois. La jeune fille avait une robe de mousseline blanche, modeste, bien modeste, mal coupée, faite à la hâte... — Je devinais tout! — Comment avec cela pouvait-elle avoir une taille charmante, fine, délicate? Pas d'autre ornement qu'un nœud sur l'épaule, pas une fleur dans les cheveux, de beaux cheveux châtains, épais, adorablement nuancés. Pour tous bijoux, de petites perles aux oreilles, de bien petites perles. Et, machinalement, je la comparais aux reines du bal, aux belles filles richement habillées, un peu trop couvertes de gros bijoux. Je voyais maintenant les défauts des autres, que je n'avais pas remarqués tout à l'heure, tellement mon inconnue me semblait parfaite.

« Elle ne devait plus avoir d'autre famille que cette vieille grand'mère ; un ami, sans doute, leur avait donné deux billets. Et, à la joie qu'elles prenaient toutes les deux, même la grand'-mère, je sentais qu'elles ne devaient jamais avoir la moindre distraction, et que toute leur existence devait s'écouler dans le bonheur paisible du travail. Et je me disais que ce serait charmant d'aller à elle, comme à une petite Cendrillon bien méconnue, de l'inviter, de la mener en plein bal pour la montrer à tous et en être fier...

« Tout à coup, un danseur pressé me bouscula un peu : je me trouvai en pleine lumière, et les yeux de la jeune fille se rencontrèrent avec les miens. Et, pendant quelques secondes, elle me regarda avec un air de si naïve admiration que je me sentis tout remué. Aucune femme ne m'avait jamais fait éprouver semblable sensation. J'étais fier et heureux d'avoir été remarqué par elle. Je répondis à son regard par un sourire ; et, aussitôt, elle baissa les yeux et rougit, comme si elle avait eu honte de son audace. Je n'hésitai plus ; j'allai l'inviter, en saluant d'abord la grand'mère. Vous pensez bien qu'une présentation était inutile. Elle consulta sa grand'mère, du coin de l'œil. Et la bonne vieille sembla dire, rien qu'à la façon dont elle me regarda : oui, j'ai confiance. Elle se leva et nous partîmes. Je tremblais presque de l'avoir à mon bras. Je lui demandai si elle avait déjà dansé.

« — Oh ! non, dit-elle ; nous ne connaissons personne ; on

nous a donné ces billets... Et puis, je sais si peu danser!

« — Nous allons valser.

« Elle pâlit et balbutia que, pour les autres danses, elle s'en tirerait peut-être, si j'y mettais de la complaisance ; mais elle avait peur de la valse. Or, vous savez, ma mère, que chez certaines femmes, tout ce qui est gracieux est inné. Elle valsa tout naturellement à mon bras ; je n'eus qu'à l'entraîner : elle était si légère ! Elle levait les yeux vers moi de temps en temps et me semblait bien reconnaissante de l'honneur que je lui faisais. Je ne lui parlais pas, comprenant que cela l'aurait embarrassée de répondre. Et, quand la valse fut finie, je la ramenai à sa place en faisant un grand tour. Elle marchait légèrement, touchant à peine la terre, d'une façon presque aérienne. Je la vis dans une grande glace ; vous auriez dit en la voyant ainsi : c'est un ange qui passe ! La grand'mère me remercia, avec un air de très bonne compagnie.

« La liberté qui règne dans ces réunions me permit de demeurer auprès d'elles. Et je fus témoin d'un petit manège qui me ravit. On avait bien vite remarqué ma danseuse dans les salles de bal ; et des jeunes gens très empressés, un peu rouges, un peu ébouriffés, venaient l'inviter. Elle les refusa tous, et je me dis, avec fatuité, qu'elle ne voulait pas d'autre danseur que moi.

« Je songeais à ce délicieux *Lion amoureux,* qui m'avait fait sourire autrefois ; je le comprenais maintenant, non pas que je fusse devenu amoureux tout d'un coup, mais je me disais que cette jeune fille serait reine par la grâce, la simplicité et la beauté dans la plus aristocratique des fêtes. J'étais très respectueux ; j'osais à peine causer avec mon inconnue, je parlais plus aisément avec la grand'mère. Et j'étais vraiment surpris de lui trouver une allure distinguée, des pensées justes et fines qui contrastaient avec son humble situation ; car j'avais bien deviné : la jeune fille, ayant enlevé son gant droit, je vis ses doigts, très délicats, abîmés au bout par des piqûres d'aiguilles ; le travail les avait même fait un peu dévier. Cela sans doute paraîtrait risible à mes camarades de cercle ; mais vous comprendrez que j'en fus touché. Elle remarqua mon regard dirigé sur ses pauvres doigts martyrisés, et n'en éprouva aucun embarras. Elle dit gentiment :

« — Vous voyez que ça ne rend pas les mains belles, d'être lingère.

« — Vous travaillez dans la lingerie?

« Ce fut la grand'mère qui répondit :

« — Surtout pour les trousseaux; ma petite-fille est très adroite; moi, je prépare le gros ouvrage.

« Je vous assure, ma mère, qu'il y a quelque chose de très beau à parler aussi simplement de son travail. Et il était si facile de comprendre que c'était seul leur travail qui les faisait vivre !...

« — Et vous, monsieur?

« Cette question, posée par la jeune fille, me bouleversa. Pouvais-je répondre que j'étais le marquis de Villepreux, rompre d'un seul mot cette petite intrigue charmante qui me ravissait? Dire mon nom, c'était élever une barrière absolue entre mon inconnue et moi. Elle devait me croire aussi dans une situation modeste; je fis un mensonge :

« — Je suis étudiant en droit...

« La grand'mère me dévisagea, défiante ; elle ne me trouvait pas assez jeune. J'ajoutai, tout embarrassé :

« — C'est-à-dire que j'ai fini ma licence depuis longtemps; je suis avocat... Seulement, je reste encore à Paris, pour terminer mes études de doctorat avant de retourner en province...

« Je mentais bravement, en regardant la jeune fille, moi qui croyais ne pas savoir mentir; mais j'étais timide, au fond, je n'osais pas lui demander son nom de famille, je savais simplement qu'elle s'appelait Marie, et cela me suffisait.

« Je la fis danser une seconde fois, et lui demandai alors si elle n'avait pas d'autre famille que sa grand'mère

« — Non, monsieur. Mon père est mort pendant la guerre de Crimée ; ma mère, brisée par le chagrin, l'a suivi bientôt; et nous sommes restées toutes les deux seules.

« Ce souvenir de la guerre de Crimée m'avait rendu pensif... J'avais peut-être connu le père de cette jeune fille?... J'aurais bien eu envie de lui poser d'autres questions; mais cela l'aurait attristée. Quand je la ramenai à sa place, la grand'mère me jeta un regard inquiet. Devinait-elle en moi le menteur? Et elles partirent aussitôt; la jeune fille n'exprima aucun regret de quitter le bal: mais elle m'adressa un charmant sourire.

. . . .

« Ma mère, ma vie était changée.

« J'ai insisté sur tous les détails de cette première rencontre pour bien vous faire voir qu'il n'y a pas eu, chez celle
que j'aime aujourd'hui avec passion, l'ombre d'une coquetterie. Je passe sur toutes les ruses d'un jeune homme amoureux
qui veut, à tout prix, rejoindre une jeune fille. Ma vieille
habileté de mondain ne m'a que trop servi. Le matin même, je
savais l'adresse de ces deux femmes. Un mois après, j'avais
tout un nouvel état civil: j'étais devenu M. Jean Berthier,
avocat; et, pour plus de sûreté, j'avais loué un modeste logement au quartier Latin et j'y avais fait transporter une pile
raisonnable de livres de droit. Je voulais tout prévoir, soutenir jusqu'au bout mon mensonge... ou du moins le soutenir
jusqu'au moment où je jugerais nécessaire de dévoiler la vérité.

« Six semaines après le bal, je pénétrais dans l'intérieur
des deux femmes. Je ne vous dirai pas toute la diplomatie que
j'avais déployée pour cela... Dans le bal, subissant l'influence
générale, elles avaient été aimables, presque accueillantes :
rentrées dans la vie intime, elles étaient terriblement défiantes.
Mais je m'étais montré si respectueux, si soumis, me donnant
pour un provincial qui s'ennuie à Paris et à qui manque la vie
de famille, qu'elles avaient consenti à me recevoir. Je n'oublierai jamais l'impression de bonheur tranquille que j'éprouvai dans ce logement où la pauvreté est jolie, coquette... les
fenêtres garnies de rideaux brodés par Marie... et, sur le
rebord, les petites caisses vertes renfermant ses fleurs... tous
les modestes meubles, d'une propreté méticuleuse... et la
grande table sur laquelle elle exécute les travaux que lui
confie une importante maison de lingerie...

« Figurez-vous enfin mon émotion, quand, dans une pâle
photographie agrandie, je retrouvai, suspendu au mur, le
portrait de ce brave capitaine à qui je dois la vie, et dont vous
avez jadis vainement recherché la famille pour lui prouver
votre reconnaissance.

« — Quel est cet officier, mademoiselle? demandai-je
aussitôt.

« — Mon père.

« — Ne m'avez-vous pas dit qu'il était mort en Crimée?

« — Oui, monsieur, répondit la grand'mère.

« En ce moment, je tremblais comme un enfant. Je balbutiai :

« — Dans quelle bataille ?

« — Dans une des attaques du Mamelon-Vert.

« Et, fièrement, en noble Française, cette vieille femme me raconta la mort de son fils :

« — L'officier qui portait le drapeau était tombé, frappé par un éclat d'obus ; le lieutenant avait été emporté à l'ambulance. Le drapeau fut relevé par un sergent, un nommé Jean de Villepreux, dont mon fils m'avait parlé dans sa dernière lettre : il paraît que ce Jean de Villepreux... un marquis, je crois ? était d'une bravoure indomptable ; et huit jours auparavant, il avait sauvé la vie à mon fils. Mon fils l'aimait donc beaucoup ; et, dans sa lettre, il en parlait avec autant d'orgueil que s'il eût été son enfant. Ce Jean de Villepreux eut à peine relevé le drapeau que les ennemis se ruèrent sur lui : il allait sans doute être tué aussi ; mais mon fils lui fit un rempart de son corps — je vous dis là ce qu'on m'a répété — Et c'est mon fils qui fut tué. »

« Ah ! quelle sotte pensée m'a arrêté ce jour-là ! Je brûlais de l'envie de me précipiter aux genoux de cette pauvre mère, de m'écrier : « C'est moi, ce Villepreux ! c'est moi qui ai reçu le dernier soupir de votre enfant ! C'est pour moi qu'il est mort. » J'eus peur qu'elle ne m'arrêtât par ces mots : « Vous nous avez donc menti ? » Et je continuai mon rôle de Jean Berthier.

« — Mais ces Villepreux ont dû vous être bien reconnaissants ?... questionnai-je timidement.

« — Sans doute, monsieur, répondit-elle de la façon la plus naturelle ; mais il y a des reconnaissances qui pèsent à ceux qui en sont l'objet. En apprenant la mort de son mari, ma belle-fille, qui était très délicate, tomba gravement malade dans le Midi, où je l'avais conduite ; elle mourut. La guerre finie, j'accomplis un douloureux pèlerinage : j'allai en Crimée, prier sur cette terre qui m'avait ravi mon fils. Quand je revins en France, j'appris au ministère de la guerre que Mme de Villepreux et son fils m'avaient activement recherchée ; on n'avait pas pu leur donner mon adresse, je n'en avais pas laissé. Je priai qu'on ne la leur communiquât jamais. Sans doute, cette dame, aussi riche que bonne m'a-t-on dit, aurait voulu me secourir : j'en aurais été humiliée. Qu'avait fait mon fils, après tout, sinon son simple devoir de Français ? Entre gens de cœur, à la guerre, on se sauve la vie chaque jour. Juste-

ment, M. de Villepreux avait sauvé une fois la vie à mon fils;
nous étions quittes. Et puis, monsieur, j'étais jalouse de cette
mère, qui avait conservé, elle, son fils, tandis que j'avais perdu
le mien ; cela m'aurait fait du mal de la voir, surtout de voir le
fils. J'eus tort, monsieur, je fus trop fière. Les secours accordés
par le ministère sont bien faibles, bien insignifiants; je ne connaissais personne qui pût me soutenir. Et j'eus bien du mal à
élever ma chère petite-fille. Une femme gagne si peu ! Enfin,
ces mauvais jours sont passés, et l'aisance est entrée chez
nous, quand ma petite-fille a pu m'aider de ses petits doigts
de fée... Nous n'avions même plus la dot de ma belle-fille :
mon fils l'avait dépensée peu à peu pour gâter sa femme... »

« La bonne vieille essuya deux grosses larmes ; puis,
reprenant une allure enjouée :

« — Nous nous sommes donc tirées d'affaire, monsieur,
sans l'aide de personne. Et mon fils, qui était si fier, doit être
bien content là-haut, de ce que nous n'avons jamais reçu
d'aumône. — Voilà notre histoire, monsieur. Tant pis pour
vous, si elle vous a ennuyé; mais il ne fallait pas nous demander ce que c'était que ce portrait !

« Connaissez-vous, ma mère, quelque chose de plus touchant que ce récit?... J'étais ému jusqu'aux larmes. Et je
ne trouvai que ces paroles :

« — Mademoiselle, comme vous devez être orgueilleuse
de votre père !

« — Oh ! oui, monsieur; c'est mon défaut.

« — Et elle n'en a pas d'autre, ajouta la grand'mère.

« Si vous aviez assisté à cette scène, ma mère chérie, je
n'aurais pas besoin de vous écrire aujourd'hui cette longue
confession : vous auriez deviné l'amour profond, durable, qui
naissait en moi.

« Maintenant, je n'ai plus de faits saillants à vous raconter. En la forçant à parler de son fils, j'étais rapidement
devenu l'ami de la grand'mère. J'étais celui de la jeune fille
depuis le premier jour. Et la première période de nos amours
est renfermée dans ces seuls mots : Nous nous sommes aimés!

« Je jouais fort bien mon rôle de provincial tout perdu
dans Paris, sevré de la vie de famille, heureux de trouver un
coin paisible, loin du tapage parisien. Je m'intéressais à leurs
travaux, à ces commandes qu'on leur donne préparées, avec les

broderies et les dentelles rigoureusement comptées, et qu'on leur paye si peu !

« Et cela m'amusait de songer que j'avais plus d'argent, dans ma bourse des menues dépenses, qu'elles n'en gagnent dans toute une année. Je prévoyais leur stupéfaction le jour où je me ferais connaître, comme un prince des contes de fées. Et si je sentais ma vie changée, c'est que, sous l'influence de Marie, je devenais un autre homme : je comprenais mieux mon siècle, sans cesser de respecter le passé...

« Je comprenais mieux aussi l'inutilité de ma vie d'oisif, j'en avais même un peu honte, devant elle, si travailleuse ! Je comprenais mieux surtout la famille, la femme simple, bonne, douce, la femme qui répand le bonheur dans une maison. Et déjà mon intention était bien arrêtée de vous la donner pour fille, une fille qui vous aimerait comme je vous aime, qui vous respecterait, comme je vous respecte... Juliette et elle seraient sœurs... Sans dévoiler encore mon nom, je leur avais dit mes projets ; il l'avait bien fallu d'ailleurs, pour avoir le droit de revenir sans cesse chez elles !

« Cela se passa bien simplement. Je dis à Marie que, mes études terminées, mon dernier examen passé, je retournerais en province, et que, si elle voulait de moi pour mari, elle vivrait dans un trou, presque à la campagne, comme enterrée, entre sa grand'mère, ma mère et moi. Et cette perspective, qu'il suffit de faire entrevoir à une jeune fille de nos jours pour l'épouvanter, cette perspective la ravissait. Elle ne s'inquiétait que d'une chose :

« — Votre mère m'aimera-t-elle ?

« J'affirmais que oui. Et elle ajoutait, très confiante :

« — D'ailleurs, je l'aimerai tant, moi !

« Je fus alors sur le point de tout vous avouer, de me jeter à vos genoux et d'implorer votre consentement.

« Notre passion était, hélas ! trop violente ! Depuis que j'avais fermement déclaré mes intentions, la grand'mère me traitait en fils. Et, un soir où, dans leur grande maison de lingerie, on attendait une commande pressée, elle n'avait pas hésité à aller livrer cette commande, quoique je dusse passer la soirée chez elles ; Marie m'attendait seule...

« Ma mère, souvenez-vous de la plus heureuse soirée de votre vie, de cette heure suprême où votre vie se confondit dans celle de mon père ! Et pardonnez-nous !...

«Il n'est pas possible que nous ayons été coupables, elle surtout, jusqu'alors si pure, si chaste ! Moi seul le fus ; et je me
demande encore à quelle force invincible j'obéis. Nous étions
unis par un lien indisso-
luble.

Et fièrement, en noble Française, cette vieille femme me raconta la mort de son fils. (Voir page 57.)

« J'eus peur alors de vous
avouer mon amour. Je n'aurais pas su vous dire la vérité à moitié. Et puis, une
espérance inconsciente se
glissait peu à peu dans mon
cœur ; c'est que, dans cette
unique soirée où j'oubliai
le respect que je lui devais,
j'avais fait de ma femme une
mère.

« Depuis ce jour, elle ne
m'accueillait qu'en trem-
blant, je devinais qu'elle
avait peur. Et elle est si bonne, si douce, qu'un misérable séducteur aurait pu l'a-
bandonner alors... Moi je
l'aimais davantage. Je ne
regrettais rien ; j'avais seulement honte d'avoir abusé
de la bonne confiance de la
grand'mère. Et j'attendais
impatiemment. Il y a quelques jours, elle me dit, à
voix basse, qu'elle avait besoin de causer secrètement
avec moi. Pour la première
fois, elle me demandait un rendez-vous. Et, dans ma cham-
brette d'étudiant, où elle consentit à venir, elle n'eut qu'à
sangloter ; je lui évitai l'aveu.

« — J'ai tout deviné lui dis-je, ne craignez rien. Notre
enfant portera mon nom, puisque vous serez bientôt ma
femme...

« — Mais votre mère, voudra-t-elle de moi maintenant?

« Je la remerciai de ne pas avoir douté de moi. Et elle me dicta ma conduite.

« — Vous lui parlerez, vous lui direz tout, tout! Votre mère doit être bonne; notre devoir est de ne rien lui cacher.

« Je lui ai solennellement, pour la seconde fois, engagé ma parole. C'était lui engager la vôtre, ma mère; car je n'ai pas besoin d'ajouter que, pas plus ma fiancée que moi, n'avons jamais songé à vous désobéir. Ce n'est pas en fils aîné, en chef de famille toujours obéi que je vous écris, c'est en fils humble, soumis. Je ne veux pas que vous me disiez, comme vous me l'avez dit si souvent : Tu es le chef de notre maison, tu es le seul maître, fais ta volonté. Je vous supplie de me répondre simplement : J'aimerai, j'accueillerai ta femme comme ma fille.

« Je vous rappellerai seulement que, sous Louis XII, tous les hommes de notre famille étaient morts en Italie; il ne restait qu'un garçon. Fait chevalier bien jeune, il accompagna François Ier et tomba en défendant son roi. La race des Villepreux se serait alors éteinte s'il n'avait existé, près de notre château d'Angoville, un fils naturel de notre aïeul Jean V de Villepreux, le fils d'une paysanne, morte en le mettant au monde. La femme de ce Jean V de Villepreux, la mère du jeune chevalier mort à Pavie, n'hésita pas. Elle éleva le fils naturel de son mari comme s'il eût été son enfant; et, quand il fut majeur, elle obtint du roi qu'il succédât aux titres et aux

... et lentement, par petites pincées, jeta au vent de la nuit une poussière noire.
(Voir page 63.)

honneurs de son père naturel. On l'appelle dans l'histoire, le Bâtard de Villepreux; il fut noble et glorieux; à soixante dix ans, il combattait encore aux côtés d'Henri IV reconquérant son royaume sur les Guises. C'est de lui que nous descendons.

« Ma mère, vous tenez mon bonheur et mon honneur dans vos mains! Je vous embrasse avec autant de respect et de soumission que de tendresse.

« JEAN. »

— Un post-scriptum! fit gouailleusement Honoré, trouvant encore un feuillet. Ces amoureux ne savent jamais s'arrêter.

« Je n'ajoute que quelques mots, ma mère, relatifs à mon testament. Quand on touche de si près au bonheur, on songe forcément à toutes les choses qui pourraient vous l'enlever. Et parfois il me semble que la mort peut me prendre, tout à coup, sans que j'aie eu le temps de réparer le mal que j'ai fait. J'ai donc prévenu Florimont de mes intentions. Et il prépare un acte que nous compléterons dans deux ou trois jours. Par cet acte, je veux reconnaître d'avance, pour mon enfant, le petit être qui viendra bientôt au monde, donner ma part de fortune à cet enfant, en en laissant la jouissance par moitié à vous et à ma fiancée, et vous demander de traiter la mère de mon enfant comme si elle avait été ma femme légitime. Si je mourais, je suis bien sûr que vous respecteriez mes dernières volontés...

« Mais j'ai grande envie de vivre longtemps pour vous aimer et vous faire aimer les miens !

« JEAN. »

Honoré, serrant la lettre dans sa main crispée, les yeux fixés à terre, eut quelques minutes de trouble. Puis, il ordonna un peu sèchement à Guépin de se retirer.

— Monsieur le marquis est satisfait? interrogea le domestique sur le seuil de la porte.

— Allez, vous aurez ce que je vous ai promis !

Le domestique s'éloigna et regagna sa chambre, mais en redescendit aussitôt à pas de loup et se rapprocha de l'appartement du mort : Honoré en avait refermé la porte. Alors, le valet de chambre se rendit dans la cour, grimpa sur le toit de l'écurie et se plaça dans un coin, d'où il pouvait à peu près distinguer ce qui se passait chez le mort.

A la lueur des bougies, il vit la silhouette d'Honoré passer et repasser devant les fenêtres. Par moments, le nouveau marquis de Villepreux allait jusqu'au lit et regardait son frère. Puis, tout à coup, une lueur plus vive l'éclaira d'un reflet rougeâtre. Cela dura ...u ; et, quelques minutes après, une fenêtre de la chambre s'ouvrait.

Honoré parut et, lentement, par petites pincées, jeta au vent de la nuit une poussière noire, presque impalpable, qui s'éparpillait aussitôt.

Les dernières volontés de son frère n'existaient plus.

VII

LA MARQUISE DE VILLEPREUX

E château d'Angoville est situé, non loin de Saint-Lô, dans un des plus ravissants paysages de cette presqu'île du Cotentin, qu'on a assez justement comparée à la Suisse. Il se compose de deux constructions bien distinctes qui, avec l'immense parc qui les entoure, occupent un vaste coteau qui domine la Vire. Il ne reste du vieux château d'Angoville, bâti au moyen âge, qu'une salle remarquable du douzième siècle, soutenue par d'énormes piliers, et un donjon octogonal du quinzième siècle, très élevé, d'où l'on aperçoit non seulement la vallée de la Vire, mais celles de ses affluents, la Dolée et le Torteron. Une porte garnie de mâchicoulis, et surmontée d'un énorme

écusson des Villepreux, semble soutenir le donjon et s'appuie elle-même sur une enceinte d'épaisses murailles qui décrit un léger circuit, puis s'arrête net en un monceau de grosses pierres. Tous ces vieux restes se seraient depuis longtemps écroulés, s'ils n'étaient liés entre eux par une solide couche de lierre qui les enserre plus sûrement dans ses griffes de bois tordu que des anneaux de fer. Seule, la salle du douzième siècle se tient bien debout, comme si jamais les années ne devaient avoir raison de ces constructions massives qui semblent avoir été faites par des géants. Elle a toujours servi d'écurie, ainsi que le prouvent des dispositions spéciales prises dès sa fondation ; et il a suffi d'y jeter un peu de lumière et d'y apporter les aménagements nouveaux qu'exige le sport, pour en faire une parfaite écurie moderne.

Lorsque le vieux château, fatigué par les nombreux sièges que lui firent subir les Anglais, commença de tomber en ruine, Jean VIII de Villepreux dépensa presque toute sa fortune pour faire construire la superbe habitation qui s'élève à une légère distance du donjon, et qui est un des plus admirables souvenirs que nous ait laissés l'architecture du dix-septième siècle.

C'est de là que la marquise avait écrit à son fils la lettre qu'il avait reçue en arrivant à son cercle.

Le lendemain, à l'heure même où le jeune marquis s'éteignait, dans la seigneuriale demeure de la rue Saint-Dominique, sa mère se promenait, en s'appuyant affectueusement sur le bras de Juliette de Persant, dans la large avenue qui mène du nouveau château aux ruines de l'ancien.

Depuis deux jours qu'elle était arrivée à Angoville, elle avait tout vu, tout disposé pour recevoir son fils. Et, en ce moment, elle allait elle-même jeter un dernier coup d'œil sur son écurie.

— Il aime donc bien les chevaux ? interrogeait Juliette, les yeux levés vers ceux de la marquise.

— Ma petite, répondait la douairière, quand tu n'auras plus sur les joues ce joli duvet qui te fait ressembler à un fruit vert, c'est-à-dire quand tu commenceras à connaître un peu la vie, tu sauras que les hommes ne nous aiment qu'à la condition que nous flattions toutes leurs manies, toutes leurs faiblesses. Jean adore les chevaux; moi je les aime bien, comme de bonnes bêtes qui nous rendent service, mais enfin je ne les adore pas. Cependant, je vais visiter l'écurie pour être bien certaine que rien ne manque aux chevaux de mon fils, que l'avoine est belle, que les boxes sont bien nettoyés, que les cuivres, les harnais, les selles sont parfaitement entretenus. Tu verras que la première visite de Jean — lorsqu'il nous aura embrassées, car il daignera nous embrasser d'abord — eh bien, sa première visite sera pour ses chevaux. Et, comme il sera satisfait, il me dira :

« Vraiment, ma mère, c'est plaisir, après une absence, de retrouver une écurie aussi bien entretenue. »

Et ce sera ma récompense.

La marquise douairière de Villepreux était encore très belle. Elle touchait à la cinquantaine et paraissait à peine avoir quarante ans, sans recourir d'ailleurs à aucun artifice de toilette; elle n'avait jamais essayé de rester jeune femme. Son mari mort, elle avait dédaigné toute coquetterie.

Elle ne voulait plus être que mère, mais une mère jeune, aimante, gracieuse. Et peut-être est-il inexact de dire qu'il n'y avait plus la moindre coquetterie en elle; car elle avait celle de vouloir effacer dans l'imagination de son fils toutes les jeunes femmes qu'il courtisait.

Elle s'était décidée à abdiquer que devant la femme qu'elle lui avait choisie, devant Juliette de Persant. Et alors, elle deviendrait grand'mère.

Quand elle parlait de Jean, ses yeux noirs prenaient un éclat extraordinaire, une légère rougeur montait à ses joues habituellement assez pâles. Et elle semblait vraiment toute jeune.

Elle n'avait presque pas de rides, ses cheveux étaient toujours d'un noir de jais. Elle avait encore la taille mince, malgré un léger embonpoint qu'elle appelait en riant de la vieille graisse; et elle était très vigoureuse.

Si elle s'appuyait sur le bras de Juliette, c'était pour mieux sentir ce jeune cœur, qu'elle savait battre à son unisson.

Juliette de Persant méritait bien l'affection si tendre que lui portait la douairière. Son visage long, ovale, naïf, éclairé par de grands yeux bleus, ressemblait à celui de ces vierges qu'on voit sur les vitraux des vieilles églises ; ses cheveux séparés sur son front pur en deux bandeaux étaient d'un brun délicat, nuancés d'or aux tempes et à la nuque ; son nez, d'une finesse exquise, paraissait fragile comme une mince feuille de porcelaine ; ses lèvres gracieuses, bien ouvertes, pleines de sang, indiquaient la bonté.

Son portrait moral ressemblait à celui de la marquise, comme un reflet ressemble à la lumière. Et toutes ses pensées, toutes ses aspirations, se résumaient en une unique chose : elle admirait Jean de Villepreux.

Elles étaient arrivées à la vieille salle romane et passaient devant les boxes.

— Voici Lutin, son favori, dit fièrement la marquise...

Et bravement, elle pénétrait dans le box et caressait la croupe du cheval.

— Quelle noble bête ! s'écria Juliette.

— Jean en choisira une pour toi, mais bien douce, une haquenée comme celles que montaient les dames de jadis ; il la dressera lui-même, et vous irez faire de longues promenades...

— Ah ! mère, murmura Juliette, — elle avait toujours appelé la marquise ainsi, — mère, vous me faites rêver !...

Elle avait baissé les yeux et rougissait.

En ce moment, elles entendirent des pas. Et une voix d'enfant demanda :

— Est-ce que madame la marquise est là ?

— Oui, répondit un palefrenier. Pourquoi donc ?

— J'ai couru pour lui remettre cette dépêche qu'on vient d'apporter au château.

Une dépêche ! La marquise sourit :

— Je devine : Jean a reçu ma lettre ce matin, il me télégraphie qu'il arrive.

Puis elle sortit vivement, prit le papier bleu et l'ouvrit, tandis qu'une expression de triomphe se répandait sur son visage. Mais à peine avait-elle jeté les yeux sur les quelques mots rédigés par Honoré que ses traits se contractaient affreusement.

— J'étais trop heureuse ! murmura-t-elle.

Et elle s'évanouit dans les bras de Juliette. La jeune fille parcourut rapidement la dépêche ; elle aussi faillit tomber ;

mais elle puisa, dans son amour pour la marquise, la force
de résister à sa douleur. Et ce fut elle qui, tout en s'empres-
sant auprès de Mme de Villepreux, donna les ordres nécessaires pour préparer le départ, et cela avec un calme, une
énergie dont elle ne se serait pas crue elle-même capable.

— Qu'on attelle immédiatement pour nous mener à Saint-
Lô; nous avons le temps de prendre le dernier train qui
rejoint la ligne de Paris...

Quand la marquise revint à elle, elle voulut parler; mais
Juliette l'entoura de ses bras :

— Mère, ne vous occupez de rien; laissez-moi, dans notre
malheur, la consolation de vous gâter.

Et elle la reconduisit au château, où la marquise demeura
une heure immobile dans son fauteuil du grand salon, les
yeux aveuglés de larmes, vaguement fixés sur le fauteuil où
son mari passait autrefois les soirées en face d'elle, et où son
fils aîné l'avait remplacé. Ceux qu'elle aimait devaient-ils
ainsi partir avant elle ? Car elle devinait la vérité tout entière
dans la dépêche d'Honoré : son fils Jean était mourant, peut-
être mort... et on n'avait pas osé le lui annoncer brutalement.

Mort, lui, son orgueil, toute sa vie ! Sans doute quelque
sotte querelle, suivie d'un duel ?... ou un accident ?... Peut-
être une chute de cheval ?... L'incertitude l'aurait brisé si,
de temps en temps, Juliette n'était venue l'embrasser. Elles
mélangeaient leurs larmes.

— Ma chérie, murmurait la marquise, il faut que tu aies du
courage pour moi !

Juliette avait fait préparer à la hâte la malle de Mme de
Villepreux et la sienne. La dépêche était arrivée un peu
avant cinq heures : à six heures, la voiture se rangeait devant
le perron du château, les malles étaient chargées.

— Ma mère, nous n'avons plus qu'à partir.

Et Juliette entraînait la marquise. Les domestiques s'étaient
placés auprès de la voiture. Tous pleuraient. Dans cette
minute d'adieu à ces gens qui la révéraient, la marquise eut
la force de prononcer en se redressant :

— Merci, mes amis ! Et priez pour lui !

Et les deux femmes, serrées l'une contre l'autre, eurent de
nouveaux sanglots, qui redoublèrent encore lorsque la voiture

quitta l'avenue qui menait de la grande route au château. C'était là qu'elles avaient rêvé le bonheur ; leurs espérances étaient à jamais brisées.

Elles arrivèrent à Saint-Lô quelques secondes avant sept heures et demie : elles purent prendre le train, qui les amena à Lison à huit heures. Et, à Lison, elles attendirent l'express de Cherbourg à Paris qui passe à huit heures vingt-deux. Quand elles furent montées dans l'express, Mme de Villepreux força doucement Juliette à s'étendre. Et la jeune fille écrasée par la fatigue et l'émotion s'endormit au bout d'une heure. La marquise ne ferma pas l'œil de la nuit, il lui semblait qu'elle voyait son fils étendu sur son lit, n'attendant plus que de l'avoir embrassée pour rendre le dernier soupir.

— O mon Dieu ! murmurait-elle parfois, faites que je le revoie, que je puisse recevoir sa dernière pensée !

Elles arrivèrent à Paris un peu après quatre heures du matin. Personne ne les attendait à la gare. Ce premier isolement causa une atroce impression à la marquise. Elle ne réfléchit pas que son fils ne l'attendait sans doute que plus tard.

— Honoré n'est pas venu au-devant de nous, dit-elle, c'est que tout espoir est perdu.

Elle était cependant plus calme. Cette longue nuit passée dans l'anxiété la plus poignante, l'avait préparée à la résignation.

Quand une voiture de place les eut amenées devant l'hôtel de la rue Saint-Dominique, elles demeurèrent, quelques secondes, hésitantes. Par un sentiment presque inconscient, elles voulaient retarder la minute où elles sauraient la vérité. Ce fut Juliette qui sonna. Et lorsque le concierge eut ouvert, la marquise, avant de faire un pas, prononça :

— Mon... mon fils ?

Le bonhomme n'eut pas le courage de répondre ; d'un geste embarrassé, il montra le ciel. La malheureuse mère se précipita alors ; et, à l'entrée du vestibule, elle trouva son fils cadet. Honoré avait vite deviné que sa mère seule pouvait arriver à cette heure. Il avait eu un instant de trouble... Que sa mère fût arrivée une demi-heure plus tôt, et elle l'aurait surpris brûlant la lettre de son frère... Mais il s'était remis promptement, se composait un visage désolé. Et, lorsque sa mère lui tendit ses bras, il dit avec gravité :

— Courage, ma mère, vous n'avez plus qu'un fils!

Et il essayait de la retenir, de lui prodiguer ses consolations. Elle ne l'écoutait plus, elle gravissait l'escalier, comme folle, criant d'une voix désespérée :

— Jean !... mon fils... mon chéri !

Elle ne s'arrêta qu'à l'entrée de la chambre du mort. Là, ses sanglots cessèrent; elle contemplait, d'un œil stupide, ce beau corps étendu qui, dans la mort, semblait un beau marbre couché.

Elle avait vu ainsi son mari.

Et ces deux visions suprêmes, ces deux douleurs aiguës se confondaient dans son esprit. Elle perdait une seconde fois le bonheur.

Juliette demeura quelques instants près d'elle, immobile, retenant ses larmes devant la douleur muette de la mère. Puis la marquise se jeta en avant et vint tomber comme prosternée au pied du lit, murmurant :

— Pourquoi me l'avez-vous pris, mon Dieu? Ne pouviez-vous me frapper, moi, vieille, moi qui ne sers plus à rien sur cette terre?...

Elle ne songeait pas encore à demander comment, pourquoi il était mort. La blessure ayant été très soigneusement lavée, puis dissimulée autant que possible, elle n'avait vu que ce visage tout blanchi, sévère, et d'une beauté sublime.

Juliette était tombée à genoux à ses côtés, épiant ses moindres mouvements, prête à l'entourer de sa tendresse. Honoré, un peu en arrière, les contemplait d'un œil sec; on ne le regardait pas, il n'avait pas besoin de jouer la douleur. Il avait même la force de raisonner, de se dire : « Si elles savaient que mon frère laisse un enfant, elles seraient parfaitement capables d'aller le chercher !... »

Cependant, l'énergie de la marquise était si grande qu'elle reprit bientôt possession d'elle-même. Elle se releva et ouvrant ses bras, y attira Juliette et Honoré et les tint longuement embrassés dans la même étreinte; puis elle les renvoya.

— Laissez-moi seule avec lui, mes enfants!

Honoré, tenant Juliette par la main, eut l'air de se retirer; mais, sur le seuil de la porte, il s'arrêta. Il voulait annoncer à sa mère comment son frère était mort...

— Il a été blessé à l'œil par M. de...

Sa mère l'interrompit brusquement :

— Je ne veux pas savoir encore le nom de celui qui me l'a tué !... Je ne veux pas que des pensées de haine emplissent mon esprit, au moment où je vais prier une dernière fois pour lui !

Honoré n'insista pas ; les dispositions de sa mère le rassuraient pleinement sur l'accueil qui serait fait à Brettecourt, s'il osait se présenter à elle. Et, tenant toujours Juliette par la main, il la mena jusqu'à l'appartement qu'il lui avait fait préparer.

Ce n'était pas sans une légère appréhension que Juliette se laissait entraîner par Honoré. Ainsi que Jean, elle avait eu souvent à souffrir du caractère jaloux, haineux, du second fils de la marquise ; il lui avait souvent montré qu'il la considérait comme une intruse ; un jour même, elle l'avait entendu qui disait à la marquise, dans un moment de violence :

— Cette petite me vole votre affection !

Et, tout d'un coup, elle songeait aux changements qui pouvaient se produire dans son existence, maintenant que le fils cadet était devenu l'aîné, le chef de la maison. Sans doute, la marquise voudrait la conserver auprès d'elle ; mais pourrait-elle accepter cette situation, si elle était détestée par le chef de la famille ?

Aussi fut-elle très heureusement surprise quand Honoré lui dit d'un ton de bien sincère amitié :

— Ma chère Juliette, excusez-moi si vous ne trouvez pas, dès votre arrivée ici, une installation complète. Je suis si troublé depuis hier ! J'ai pensé seulement que ma mère serait bien heureuse de vous avoir auprès d'elle...

Il ouvrit la porte de l'appartement.

— Vous voici chez vous. J'ai donné quelques ordres, à la hâte, pour que vous n'ayez pas trop à souffrir d'une première installation. Dans quelques jours, vous me direz tout ce qui peut vous manquer. Je n'ai pas, hélas ! la prétention de croire que j'occuperai dans votre cœur la place qu'y occupait mon frère bien-aimé ; mais je tâcherai que le vide qu'il laisse dans cette maison ne vous semble pas trop grand.

Il avait débité ses deux tirades d'un air parfaitement ému. Juliette le remercia avec attendrissement. Jeune âme qui croyait à peine que le mal existât !

Honoré s'était déjà retiré; il alla embrasser sa mère qui priait devant le lit du mort. Puis, fidèle au programme qu'il s'était tracé, il prit toutes les dispositions nécessaires pour l'enterrement; il donnait tous les ordres dans l'hôtel, et avec une douceur, une mesure qui surprenaient. On s'attendait à avoir en lui un maître irascible, orgueilleux, et on le voyait aussi bon, aussi indulgent que l'avait été son frère.

Au milieu de la journée, sa mère, qui n'avait pas quitté la chambre de Jean, essaya de lui poser quelques questions sur ce qui avait été fait, sur ce qui était à faire encore. Il la serra dans ses bras, avec un véritable élan de tendresse, et répondit :

— Ma mère, une seule chose peut me consoler dans ma douleur, c'est que vous me permettrez d'être pour vous ce qu'était mon frère. Il dirigeait tout et vous évitait les moindres soucis dans la vie usuelle; permettez-moi de vous les éviter dans une circonstance aussi cruelle. Vous et Juliette, pleurez ! Tout ce qui est pénible, tout ce qui rend un deuil plus douloureux, me regarde.

En ce moment, Guépin interrompit l'entretien de la mère et du fils. Le valet de chambre avait été placé dans le vestibule de l'hôtel pour recevoir les personnes qui venaient s'inscrire; et, depuis le matin, c'était un défilé de tout ce que Paris compte de noble et d'illustre.

— Pardon, monsieur le marquis, fit Guépin à voix basse.

— Qu'y a-t-il donc ?

— C'est... deux messieurs, prononça Guépin comme embarrassé, qui demandent à être reçus par Mme la marquise.

— Ne vous ai-je pas dit que ma mère ne recevrait absolument personne aujourd'hui?

— En effet, monsieur; mais ces personnes sont...

— Qui donc?

— M. le baron de Vauchelles... et M. le comte de... de Brettecourt!

A ce nom, la marquise eut un long tressaillement.

— Henri... murmura-t-elle ; il est donc à Paris ?... Oui... oui... cela me fera du bien de l'embrasser... Il aimait tant mon fils!

Guépin s'éloignait, très lentement.

— Attendez, ordonna Honoré.

Et s'adressant à sa mère, avec une grande solennité :

—Ce matin, ma mère, vous nous avez donné une belle leçon

— Pourquoi me l'avez-vous pris, mon Dieu ? Ne pouviez-vous me frapper,
moi, vieille, moi qui ne sers plus à rien sur cette terre?... (Voir page 69.)

de générosité : devant votre fils mort, vous avez dit que
vous ne vouliez pas connaître le nom de celui qui l'avait
frappé; je vous ai admirée. Mais, ce nom, il m'est impossible de vous le taire plus longtemps... C'est Henri de Brettecourt !

— Lui!... Henri!... Henri se serait battu en duel avec ton frère?... C'est impossible !

— Non, ma mère, Henri ne s'est pas battu en duel avec mon frère ; et nous ne pouvons accuser que la fatalité. Henri revenait d'Afrique ; sa première visite a été naturellement pour nous. Il a passé la journée avec Jean ; ils ont fait des armes ensemble, et, dans le feu de l'assaut, l'épée démouchetée d'Henri a traversé le masque de Jean et pénétré dans la tête par l'œil droit. La mort n'a pas été instantanée ; mais Jean est mort sans avoir repris connaissance...

— Henri, balbutia la marquise, Henri que j'aimais comme mon enfant, Henri m'a tué mon bien-aimé fils? Oh! mon Dieu! c'est trop, cela!... C'est trop !

Elle poussa un soupir lamentable et se renversa en arrière : Honoré la reçut dans ses bras, à demi évanouie.

— Pauvre mère! Comme tu es frappée! dit-il en la serrant tendrement contre lui.

Revenant à elle, elle murmura :

— Je n'aurais pas aujourd'hui la force de le voir...

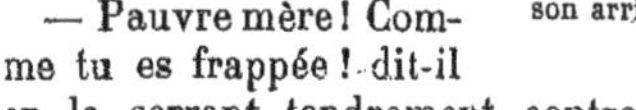

Elle l'attira contre son sein. Oh! qu'elle était touchée des soins dont il l'entourait depuis son arrivée ! (Voir page 74.)

Honoré fit un signe à Guépin :

— Allez dire à ces messieurs que ma mère les prie de l'excuser. Il lui serait impossible de les recevoir en ce moment.

VIII

GRAND'MÈRE !

ANDIS que sa mère retombait à genoux, Honoré souleva légèrement le rideau de la fenêtre. Il aperçut Brettecourt qui s'éloignait, tout accablé, appuyé sur le bras de Vauchelles. Le danger était écarté pour aujourd'hui, et il saurait bien l'écarter toujours ainsi. Il avait d'ailleurs parfaitement prévu ce qui se passerait dans l'esprit de sa mère : avec sa générosité, sa noblesse de sentiment, elle ferait tous ses efforts pour étouffer en elle toute pensée de colère, de haine ; Brettecourt, en somme, n'était pas responsable de ce malheur. Mais il espérait que jamais elle ne le reverrait, que jamais elle n'aurait le courage de supporter la présence de l'homme qui lui avait tué son fils.

— J'ai peut-être eu tort, dit la marquise au bout de quelques instants, j'aurais dû me maîtriser, recevoir cet enfant ; il venait me demander son pardon... J'ai été cruelle pour lui !

— Ah ! ma mère, croyez bien que je n'ai pas attendu votre retour pour déclarer à Henri, en votre nom comme au mien, que cet affreux malheur ne changeait rien à l'amitié que nous avons toujours éprouvée pour lui ! Je n'ai pas eu pour lui un seul mot de reproche... Mais sa présence... ici... vous aurait fait trop de mal !

— Merci, mon enfant !

Elle l'attira contre son sein. Oh ! qu'elle était touchée des soins dont il l'entourait depuis son arrivée !... Elle ne l'aurait jamais cru si tendre, si dévoué. Et d'ailleurs, il avait maintenant, pour elle, une qualité qui primait toutes les autres : il était devenu le chef de la famille. Il était le marquis de Villepreux ! Elle oubliait sa jeunesse méchante, envieuse, ses colères terribles contre son frère, son animosité contre

Juliette. Ele ne voyait plus en lui que le dernier descendant des Villepreux qu'elle devait aimer et même respecter par-dessus tout. Et lui, sentant grandir sa puissance, cachait sa joie sous une attitude de parfaite soumission.

Il essaya d'éloigner sa mère pendant qu'on étendait Jean dans sa dernière couche; mais elle eut l'énergie de rester. Elle avait tant pleuré qu'elle assista, sans une larme, à ce navrant spectacle. Et ce ne fut que lorsque son fils eut disparu pour jamais, lorsqu'elle eut déposé sur le bois du cercueil le dernier baiser, qu'elle consentit à se reposer un peu.

Juliette était venue la chercher.

— Pauvre enfant, lui dit-elle en s'éloignant, je ne me suis guère occupée de toi; je demanderai à Honoré qu'il t'installe tout près de moi, que je te sente dormir à mes côtés.

Juliette, malgré sa tristesse, eut un doux sourire :

— Venez, mère !

Et, la faisant entrer dans sa chambre, elle ajouta :

— Honoré a prévenu nos désirs.

Ce fut une exquise consolation pour Mme de Villepreux ; elle ne s'attendait certes pas à une si jolie délicatesse de la part de son fils.

« Nous le jugions mal, » pensa-t-elle.

L'enterrement eut lieu le lendemain. Il fut très noble et très majestueux, mais se distingua de la généralité des enter-rements mondains par la douleur sincère qui se lisait sur pres-que tous les visages : Jean de Villepreux n'avait pas un ennemi.

Brettecourt suivit le cortège entre Vauchelles et le maître d'armes Grandier. Au Père-Lachaise, il se cacha derrière une tombe, fuyant le regard de Mme de Villepreux.

On trouva, en général, que le nouveau marquis de Ville-preux pleurait un peu trop : on ne croyait pas à ces larmes. Et Vauchelles, qui était un affreux sceptique, les compara aux célèbres larmes de crocodile de Catherine de Médicis. On admira, au contraire, l'énergie de la marquise. Elle n'eut pas une défaillance, même lorsque se produisit le roulement lugubre des cordages remontant après la descente du cercueil. Et c'est elle qui ramena à sa voiture Juliette toute tordue de sanglots.

A la sortie du cimetière, tandis que la foule des amis s'éloignait, après ces salutations et ces accablantes poignées de main qui prolongent la douleur, la marquise aperçut Brettecourt qui partait bien vite, comme honteux. Elle eut alors, en souvenir de son fils, une sublime pensée de bonté. Elle appela :

— Henri !

Il s'arrêta, demeura quelques instants immobile, n'osant s'avancer vers elle. Puis, éclatant en larmes, il se précipita sur ses deux mains qu'elle lui tendait.

— Pardon, balbutia-t-il, pardon !

Et il couvrit de baisers les mains de la pauvre mère. Déjà la foule le poussait, les banales poignées de main recommençaient ; et bientôt la marquise se trouva seule avec Honoré.

Ils rejoignirent Juliette qui sanglotait toujours, presque renversée sur les coussins de la voiture. Et ils rentrèrent à l'hôtel, sans avoir prononcé une parole. La marquise, marchant automatiquement, se rendit dans la chambre de Jean. Et là, elle eut sa plus violente crise de désespoir : elle s'était jetée sur le lit et baisait la place où avait été étendu son fils. Juliette et Honoré la contemplaient sans rien oser dire. Enfin, elle se releva, les prit tous les deux contre elle et s'écria :

— Mes enfants, si vous voulez que mon malheur soit moins grand, aimez-vous bien tous les deux !

Pour seule réponse, Honoré attira Juliette et l'embrassa avec effusion.

Puis il dit :

— Ma mère, si vous le voulez, cette chambre restera toujours ainsi... Ce serait comme une chapelle où nous conserverions intact le souvenir de mon frère...

Cette pensée toucha profondément la marquise ; mais elle eut l'énergie de faire son devoir.

— Non, dit-elle, je refuse. Cette chambre n'était pas seulement celle de ton frère ; c'est la chambre des marquis de Villepreux. Tu l'occuperas désormais, mon fils, toi, marquis de Villepreux, chef de notre maison !

En prononçant ces paroles, la marquise eut une telle allure de grandeur que son fils lui-même en fut ému. Il lui sembla qu'il devenait un autre homme ; et, pendant quelques minutes,

il regretta sa méchante action. Juliette avait doucement levé
ses beaux yeux vers lui.

— Je te remercie, dit encore sa mère, de ce que tu as fait
pour Juliette ; tu es un bon fils.

Maintenant tous les changements étaient accomplis.

Le lendemain, la marquise reçut, par le courrier du matin,
une lettre dont l'écriture la fit longuement tressaillir. Et la
malheureuse mère hésita longtemps avant de l'ouvrir.

— J'aurais préféré qu'*il* ne m'écrivît pas ! murmurait-elle.
Elle lut enfin ceci :

« Madame,

« Pardonnez-moi de vous importuner. Dieu m'est témoin
que, si un devoir impérieux ne me forçait à vous revoir, je
retournerais immédiatement en Afrique, sans même profiter
de mon congé. Je comprends à quel point ma présence peut
vous faire du mal.

« Vous m'avez permis, hier, avec une générosité admirable, d'implorer mon pardon. Cela suffit à mon cœur. Aussi,
n'est-ce pas pour moi que je vous demande une entrevue,
et une entrevue secrète... Dans les dernières heures que j'ai
passées avec mon ami bien-aimé, j'ai reçu de lui une confidence que mon devoir m'ordonne de vous répéter. Il s'agit
d'une chose très grave, d'une chose qui peut, je vous l'affirme,
atténuer votre douleur. Je me présenterai chez vous dans la
journée. Recevez-moi, je vous en supplie à deux genoux,
non pour moi, mais pour mon ami Jean de Villepreux.

« J'ose à peine vous assurer de mon respectueux dévouement, et de mon ardente affection.

« Henri de Brettecourt. »

La marquise montra la lettre à Honoré. Celui-ci dissimula
parfaitement son trouble. Et il se dit, d'ailleurs, qu'il valait
mieux recevoir Brettecourt, lui faire raconter le peu qu'il
savait. Cela ne lui permettrait que de mieux lutter ensuite
contre l'ami de son frère.

— Recevez-le, ma mère, dit-il, avec un triste sourire. Ce
pauvre Henri est si malheureux qu'on ne peut lui en vouloir

de chercher un moyen de s'approcher une dernière fois de vous.

— Tu crois donc, qu'en réalité, il n'a rien à me dire?

— Pas tout à fait; mais il s'exagère évidemment l'importance des confidences qu'il aura reçues. Comment saurait-il quelque chose que nous ne savons pas, nous? Enfin, ma mère, c'est au nom de mon frère qu'il vous demande cette entrevue; accordez-la-lui.

— Soit! Mais, après, que je ne le revoie jamais! Je sais bien que j'obéis à un sentiment mauvais; mais je suis jalouse de le savoir vivant! Je ne puis me délivrer de cette pensée: pourquoi est-ce mon fils qui a été frappé et non pas lui?

Brettecourt se présenta au commencement de l'après-midi; et on l'introduisit aussitôt dans le grand salon, où la marquise l'attendait. La veille, aveuglée par les larmes, elle avait à peine pu l'apercevoir; quand il s'avança vers elle, elle fut frappée non seulement par la douleur qui altérait ses traits, mais par le changement inouï qui s'était fait en lui. Il semblait vieilli de dix ans: ses yeux étaient plombés, ses joues tombaient, ses cheveux avaient presque blanchi. Il marchait lentement, en tremblant. Lorsqu'il arriva devant la marquise, sans prononcer une parole, il se mit à genoux.

— Relevez-vous, Henri! dit vivement la marquise.

Et elle lui montrait un siège en face d'elle. Il s'assit et la regarda longuement, n'osant pas parler. Elle le contemplait aussi, affectant un grand calme, maîtrisant ses larmes.

Elle parla la première.

— Henri, vous avez bien fait de venir. Il fallait que nous nous vissions, une fois, une unique fois! Ensuite, j'oublierai que vous existez; il faut bien que je vous oublie pour ne pas vous détester. Et je ne dois pas vous détester, vous le meilleur, presque le seul ami de Jean. S'il était mort frappé par une autre main que... que celle qui l'a frappé, c'est en vous que j'aurais trouvé ma plus grande consolation: vous m'auriez remplacé mon fils...

Il l'interrompit, d'un geste plein de dignité; puis, très lentement, la voix mouillée de larmes :

— Madame, ne m'accablez plus de votre bonté. Je comprends à quel point, malgré l'indulgence de votre cœur, vous devez me détester: j'ai à jamais empoisonné votre vie. Ne parlons plus de moi... Si un devoir impérieux, si l'espoir de vous apporter une immense consolation ne m'y avaient forcé, vous ne m'auriez jamais revu. J'aurais su me contenter de ce pardon que vous m'avez si noblement accordé hier... Je serais déjà reparti. Et Dieu m'aurait permis, sans doute, d'aller retrouver mon ami en combattant glorieusement pour mon pays !

Il fit une légère pause ; l'émotion l'étouffait.

Puis il reprit :

— Mais un nouveau devoir me retient à la vie. — Ma vie ne m'appartient plus, elle appartient à mon ami Jean de Villepreux. C'est lui-même qui, dans la dernière journée que nous avons passée ensemble, m'a tracé mon devoir !

Si Brettecourt avait regardé en ce moment la tenture qui fermait à demi une large baie donnant du salon dans un petit boudoir, il aurait vu remuer cette tenture. Honoré de Villepreux, depuis le début de l'entretien, était tranquillement installé dans le boudoir et écoutait.

Mais, à partir de ce moment, il ne se contenta plus d'écouter: il s'approcha de la tenture, se dissimula dans un des plis, ménageant une légère ouverture qui lui permettait de voir le visage de sa mère. Il pourrait suivre ainsi toutes les émotions qu'elle allait ressentir.

Brettecourt continuait :

— Sans cet abominable malheur, madame, je serais aujourd'hui à Angoville pour vous présenter l'humble prière de votre fils ; car il m'avait chargé pour vous d'une mission... qui eût été alors bien pénible à remplir, mais qui, je l'espère, va vous causer aujourd'hui une immense joie...

— Quelle joie pourrais-je avoir désormais ? balbutia la marquise.

— Celle de voir revivre votre fils ! déclara énergiquement Brettecourt.

La marquise lui jeta un regard si stupéfait qu'il dit :

— Vous me croyez fou, peut-être ? Ecoutez-moi bien, madame !— Vous prépariez depuis longtemps un brillant mariage pour votre fils: vous vouliez lui donner Mlle de Persant...

— Mais Henri, fit la marquise avec une certaine brus-

querie, vous n'êtes donc venu que pour raviver toutes mes
douleurs ?

— Pour les adoucir, madame ! — Jean m'avait chargé de
vous annoncer que ce mariage ne s'accomplirait pas : il éprouvait, pour celle que vous lui destiniez, la plus tendre affection,
mais une affection de frère. Depuis une dizaine de mois, il
aimait, de l'amour le plus profond, une pauvre jeune fille...

— Assez, monsieur, assez ! Vous oubliez le respect que
vous devez à une mère...

— Madame, s'écria avec solennité Brettecourt, j'ai le
droit de vous parler comme je le fais, et votre devoir est de
m'écouter... Mépriseriez-vous donc... ce qui peut rester de
votre fils ?

— Expliquez-vous, Henri ! Achevez !

Elle avait entrevu soudain la vérité. Henri comprit qu'il
n'avait plus qu'un mot à ajouter pour gagner la cause de l'enfant inconnu dont il se constituait le défenseur ; mais il fallait
aussi faire estimer la mère, la fiancée de son ami...

— Madame, je dois vous répéter les choses comme mon
ami me les a dites : — Jean aimait une jeune fille qui ne
fait partie ni de notre monde ni même de la bourgeoisie, une
simple ouvrière, à laquelle il s'est fait connaître sous un nom
supposé. Ce qu'il m'a raconté au sujet de cette jeune fille
m'a rempli d'amitié et d'admiration pour elle ; et il m'avait
chargé de vous dire ceci, et je vous le répète aujourd'hui, en
vous en donnant ma foi de gentilhomme, c'est que, malgré
sa modeste situation, cette jeune fille était digne d'entrer dans
votre famille : il la voulait pour femme, et je devais implorer
votre consentement. Il hésitait, depuis longtemps, à vous
ouvrir son cœur, parce qu'il tremblait à la pensée de vous
faire une peine, même la plus légère. Et celle-ci eût été
grande. Il comptait cependant sur votre âme si aimante, si
indulgente ! Il n'avait plus, d'ailleurs, le droit d'hésiter : son
honneur lui commandait de rendre le sien à cette jeune fille,
puisqu'il le lui avait enlevé ; son honneur lui commandait de
se marier, pour que la naissance de son enfant ne fût pas
entachée par une situation irrégulière...

Brettecourt n'eut pas le temps de continuer. La marquise
s'était dressée devant lui, comme transfigurée :

— Un enfant ! O mon Dieu ! Jean me laisse un enfant !...

Et elle prenait les deux mains de Brettecourt.

— Henri, jurez-moi que vous ne me trompez pas, que vous n'abusez pas de ma crédulité ! Un enfant de mon Jean, de mon fils, de mon bien-aimé !...

— Je vous le jure ! prononça solennellement Henri.

Elle se jeta à genoux et, joignant les mains :

— Mon Dieu ! vous avez permis cela? Vous avez eu pitié de moi ? J'aurai un enfant de mon fils ! Je sentirai encore sa chair ! Mon Jean revivra dans un petit être que j'élèverai, que j'adorerai... Je pourrais donc avoir encore du bonheur sur cette terre?... Comme femme, comme mère, j'aurai été comblée... Et je serais grand'mère? Grand'mère de l'enfant de mon premier-né !...

Caché dans son pli de rideau, Honoré était blême de colère :

— S'il vient jamais au monde, celui-là, murmurait-il, il aura affaire à moi !

La marquise s'était relevée.

— Mais vous m'avez dit, n'est-ce pas, Henri, que cet enfant n'était pas encore né?

— Non, madame, puisque Jean tenait essentiellement à être marié avant sa naissance. Sa volonté absolue était, du reste, de ne jamais séparer la mère de l'enfant...

— Mais je ne les séparerai pas non plus ! déclara la marquise. Mon Jean ! Comme c'est bien lui, si noble, si bon, incapable d'une tromperie ! Ah ! sans doute aurais-je refusé mon consentement à ce mariage? Je me serais évidemment laissé guider par l'orgueil. Mais je serais folle, aujourd'hui, je serais coupable d'obéir désormais à autre chose qu'à mon cœur. La femme aimée par mon fils, la femme qui le partageait avec moi, cette femme ne peut être qu'une noble femme !... Je l'aimerai... Ah ! voyez-vous, Henri, tout ce qui venait de Jean était si sacré pour moi !

— Ah ! madame, si vous l'aviez entendu me parler de cet enfant ! Si vous l'aviez entendu, quand il me disait : « Je suis père ! Il me semble que mon fils a tressailli dans mon sein ! » Car il voulait que ce fût un fils !... Il me disait ces choses avec tant de foi que je les croyais aussi !

— Un fils ! balbutia la marquise. Un fils de mon Jean ! Oh ! si réellement c'était un fils !

Un superbe orgueil éclairait son visage. Et elle souriait

presque, en regardant Brettecourt. Si la plus cruelle des douleurs lui était venue de lui, n'était-ce pas de lui qu'elle recevait cette sublime consolation?

— Eh bien! Henri, allons trouver cette femme; nous lui dirons que celui qu'elle aimait était le marquis de Villepreux, que les Villepreux respectent fidèlement leur parole, et que, si la mort a empêché mon fils de tenir la sienne, je suis là, moi, pour remplir ses engagements autant que peut le faire une grand'mère. — Qu'avez-vous donc, Henri?...

Brettecourt s'était reculé. Il ne s'attendait pas à une aussi vive explosion; il était venu sans réfléchir à cela, voulant dire d'abord la vérité, et chercher cette femme, ensuite... Il balbutia, comme terrifié :

— Mais... je ne la... connais pas!...

— Vous m'avez donc trompée? s'écria la marquise d'une voix qui s'irritait.

— Madame, je vous le jure une seconde fois sur mon honneur : je vous ai fidèlement répété l'aveu que m'a fait mon pauvre Jean dès qu'il m'a revu. Mais il ne m'a pas dit le nom de cette femme... Il devait, le soir même, me la faire connaître...

La marquise retomba accablée sur son fauteuil, les yeux fixes.

— J'espérais déjà! murmura-t-elle. Mais ne vous trompez-vous pas vous-même, Henri? Ne vous exagérez-vous pas quelques paroles trop légèrement prononcées par mon fils?

— Je n'ai pas été le seul, madame, à recevoir les confidences de votre fils. Il les a faites, je le sais, au point de vue légal, à M. Florimont, votre notaire. Et, par son testament, Jean a tenu à bien établir...

— Un testament! s'écria la marquise, renaissant à l'espérance. Jean a fait un testament? Mais alors, nous allons tout savoir?...

— Hélas! madame, je crains bien que, comme moi, M. Florimont n'ignore absolument le nom de cette jeune fille. Jean lui avait fait seulement connaître ses projets : il vous les dira, et vous verrez que je ne vous ai pas trompée. Nous n'aurons plus alors qu'à rechercher cette jeune fille...

— Nous la retrouverons, Henri!

Honoré, les poings fermés, les dents serrées, murmura presque à mi-voix :

— Cherchez la vite, alors, mes amis, avant qu'elle ait disparu !

IX

LE TESTAMENT

La fureur d'Honoré ne connaissait plus de bornes. Pendant deux jours, il avait pu se montrer bon et doux parce qu'aucun obstacle ne s'était dressé devant ses projets. Mais, en ce moment, sa haine, ses instincts mauvais renaissaient avec plus de violence que jamais; et ce qui mettait le comble à sa furie, c'est qu'il avait bien senti la profonde habileté déployée par Brettecourt : l'ami de Jean avait adroitement fait passer la marquise par la gradation de sentiments qui devait forcément l'amener à cette explosion d'amour pour un enfant qu'elle ne connaissait pas, qui n'était pas même né ; c'est que, malgré son cruel chagrin, Brettecourt n'avait rien laissé au hasard : il avait promis à son ami de se montrer rusé, comme à la guerre. La grandeur des intérêts qu'il défendait ne lui permettait aucune imprudence.

Il ne croyait cependant pas à un résultat aussi rapide, et le succès qu'il venait d'obtenir l'éblouissait un peu.

— Maintenant, dit-il, je ne vous importunerai plus de ma présence, madame. J'ai accompli mon premier devoir, et je l'ai fait sans égoïsme; car il m'eût été bien doux de rechercher moi seul la fiancée et l'enfant de mon ami et de me consacrer entièrement à eux...

« C'eût été une bonne idée! » pensa Honoré.

— Je n'ai pas cru avoir ce droit, continuait Brettecourt : l'enfant de notre cher Jean appartient à sa mère et à vous au même titre ; je ne puis venir qu'en second. Mais, en ce jour, je vous engage ma foi de ne jamais me marier, de ne jamais avoir d'autre famille que ces deux êtres, de me dévouer à cet enfant avec la fidélité d'un bon chien : je ne demande plus autre chose que de lui donner ma vie...

— Relevez-vous, Henri ! dit vivement la marquise. (Voir page 78.)

— Je l'accepte en son nom, Henri ! s'écria la marquise avec une véritable grandeur. Tout le ressentiment que j'éprouvais contre vous disparaît devant votre dévouement. Si le monde me blâme, Dieu me jugera ! Henri, venez sur mon cœur, que je vous embrasse comme un fils !

— Ah ! c'est à genoux, dit le noble jeune homme, que je dois entendre de telles paroles !

Et, se prosternant, il baisa la robe de la marquise. La

pauvre mère le releva et le serra fiévreusement contre elle.
— Il me semble, disait-elle, que mon fils nous voit !

Honoré murmurait :
— Mais ils fini-
ront par me rendre
criminel avec leur
manie de dévoue-
ment ! Mon frère
bien-aimé, tant pis
pour votre fiancée !
Je ne nourrissais à
son égard que le dé-
sir bien naturel de
me débarrasser d'el-
le, gentiment. Mais
si on me pousse à
bout !... Allons !
Quoi ?... Qu'y a-t-il
encore ?...

Un domestique
venait d'entrer dans
le salon et remettait
une carte à la mar-
quise. Elle lut :

« *M. Aristide Flo-*
« *rimont* prie ma-
« dame la marquise
« de Villepreux de
« vouloir bien lui
« accorder immé-
« diatement un en-
« tretien ; il s'agit de
« questions du plus
« haut intérêt. »

— Mais ils finiront par me rendre criminel avec leur manie de dévouement. (Voir page 85.)

— Faites entrer M. Florimont, ordonna-t-elle.
Et elle tendit la carte à Henri, avec un mélancolique sourire.
— Vous ne m'aviez pas trompée.
— Je me retire, madame.

— Non. Je tiens, au contraire, à ce que vous assistiez à ce
qui va se passer... Ne va-t-il pas être question d'un enfant...
auquel votre vie appartient?

Tandis que le notaire pénétrait dans le petit salon, Honoré
eut un abominable sourire.

— Triste allié, pensait-il, que ce solennel prud'homme ! —
Et ma mère, qui me reconnaissait hier si solennellement pour
le chef de la famille ! et qui, devant une situation aussi grave,
ne me consulte même pas?...

Et, après une minute de réflexion :

— Enfin, complotez, mes bons amis; moi je vais me
défendre.

M. Florimont était attaché depuis de longues années à la famille de Villepreux.—Sa vie n'offrait pas la moindre particu-
larité romanesque. Ancien petit clerc de Mᵉ Bernard Genty, il
avait gravi lentement tous les grades de l'étude : troisième
clerc, second clerc, premier clerc, jusqu'au jour où il franchit
le dernier échelon en épousant la fille de son patron, lequel
donnait son étude en dot à sa fille. Et si quelqu'un l'avait plai-
santé sur cette marche banale de sa vie, il aurait tranquillement répondu qu'il ne la trouvait pas banale du tout, puisqu'elle lui avait donné le bonheur. A cette époque, quelques
mois à peine s'étaient écoulés depuis son mariage, et il jouissait triomphalement de ce bonheur, que rien d'ailleurs ne
devait jamais altérer. Il était impossible d'être plus notaire et
plus parfait notaire que M. Florimont : il en avait même le
physique ou du moins le physique sous lequel on aime à se
figurer ces dignes officiers ministériels. Il était d'une moyenne
taille, grassouillet, avec une figure ronde, épanouie, déjà ornée
d'une paire de lunettes d'or. Très fin, du reste, sous son appa-
rence bonhomme et d'une scrupuleuse honnêteté; ce qui ne
l'empêchait pas de nourrir la très noble ambition de gagner par
son travail une fortune au moins égale à celle de sa femme.

Son étude se rattachait à la famille de Villepreux par un
vieux lien de reconnaissance. C'est grâce au crédit d'un marquis de Villepreux, qu'un aïeul de M. Genty avait pu acheter,
sous Louis XV, une charge de tabellion; et M. Florimont,

enfant d'Angoville, avait été placé chez M. Genty par la marquise actuelle.

La marquise l'appelait « Florimont » sans y mettre
aucune hauteur; et cette familiarité le flattait.

— Madame, dit-il après l'avoir saluée, j'ai à vous communiquer des choses d'un ordre tout intime. Désirez-vous que
je parle devant M. de Brettecourt?

En même temps, il tendait la main à Henri.

— Y voyez-vous quelque inconvénient? interrogea la marquise.

— Pour ma part, pas le moindre.

— Alors, Florimont, parlez en toute franchise.

Le notaire s'installa bien commodément et réfléchit un
peu ; il avait l'habitude de toujours ruminer ses petits
discours.

— J'ai à peine besoin de vous dire, madame, que dans
votre douleur, vous ne trouverez pas de plus respectueuse, de
plus grande sympathie que la mienne. Personne, en dehors
de votre famille et de M. de Brettecourt, n'a été plus vivement
frappé que moi par la mort... subite de votre fils. Il daignait
voir en moi autre chose qu'un notaire ; et, dans les derniers
jours de sa vie, il avait eu la bonté de me traiter en ami.
Voulant préparer son testament, il m'avait consulté ; et je lui
avais donné des conseils, que vous désapprouverez peut-être,
mais que me commandait l'honneur, et qui étaient du reste
conformes à ses désirs les plus chers. Je vous demanderai la
permission de parler très... nettement. Si, dans mes paroles,
quelque chose vous choque, vous me le pardonnerez certainement, puisqu'il s'agit des dernières volontés de votre fils.
Le marquis de Villepreux... aimait une jeune ouvrière, —
je raconte les choses tout simplement, madame, — une jeune
fille charmante, me dit-il, à laquelle il avait formellement
résolu de consacrer son existence. Et, il voulait aller retrouver M. de Brettecourt en Afrique et lui demander de plaider
sa cause auprès de vous...

Il a heureusement pu ouvrir son cœur à son ami, avant
ce déplorable accident...

— Oui, oui ! fit la marquise, un peu impatiente ; et Henri
vient de tout me répéter...

— Quant à moi, j'aurais hésité à conseiller au marquis de poursuivre ses projets, s'il n'avait ajouté que cette jeune fille était déjà sa femme et que, dans quelques mois, elle serait mère...

J'ai toujours considéré l'abandon d'un enfant comme la plus lâche des infamies. J'approuvai donc pleinement les intentions de votre fils.

— Vous fîtes bien, Florimont.

Enchanté, le notaire poursuivit :

— Le marquis avait prévu sa mort; il me dit à diverses reprises : « Il me semble que je n'arriverai pas au bonheur ! » Et c'est pour cela qu'il m'avait chargé de préparer ce projet de testament, que je vous remettrai dès que vous le désirerez, et dont voici les clauses principales...

— Achevez ! prononça fiévreusement la marquise, achevez !

— Par cet acte, le marquis reconnaissait d'avance, pour son enfant, ce petit être qui viendra bientôt au monde ; et, dans des termes d'une admirable hauteur de pensée, qu'il m'avait dictés lui-même, il vous demandait et demandait à son frère, ainsi qu'à Mlle Juliette de Persant, de traiter, comme si elle avait été sa femme légitime, la jeune fille qu'il aimait...

— Mais le nom de cette jeune fille, Florimont? Son nom? s'écria la marquise.

— Hélas ! madame, je l'ignore !... Nous avions voulu, votre fils et moi, prévenir toute indiscrétion ; un de mes clercs pouvait surprendre par hasard ce projet de testament, quoique je l'aie seul écrit. Il était absolument prêt, et nous devions le compléter, y ajouter les noms, les adresses... le jour même où le marquis est mort...

Il y eut un long silence. Puis la marquise murmura douloureusement :

— O mon Dieu ! mon Dieu ! savoir que mon fils laisse une femme, que cette femme porte dans son sein un enfant de mon fils, et ne pas la connaître ! Et se dire que ce dernier descendant des Villepreux peut mourir faute de soins... faute d'argent, tandis que nous sommes si riches ! Oh, mon Dieu !...

Elle se leva et se mit à marcher, très agitée, par le salon.

Puis, s'arrêtant très brusquement devant le notaire et Brettecourt :

— Mais vous ne savez pas, mes amis, de quels soins il faut entourer la naissance d'un enfant ! Cette malheureuse jeune fille ignore le nom de mon fils, elle va se croire abandonnée, trahie !... Et elle maudira mon fils !... Mais, si nous ne la trouvions pas, mes amis, le chagrin seul pourrait la tuer !

Puis, s'adressant fébrilement à Brettecourt :

— Voyons, Henri, rappelez-vous bien toutes les paroles de Jean... N'a-t-il rien dit qui puisse nous mettre sur les traces de cette jeune fille ? Un mot ?... Un rien ?... Oh ! Rappelez-vous !

— Non, non, dit tristement Henri. Depuis ce jour abominable, je ne cesse de réfléchir, de chercher un indice, et je ne retrouve rien. Jean m'a parlé de la beauté, de la bonté, des nobles qualités de sa fiancée, et c'est tout. .

Puis :

— Le seul détail un peu précis qu'il m'ait donné, c'est qu'elle vit avec sa grand'mère.

— C'est bien cela, dit le notaire.

— A Paris ?

— Oui, madame, à Paris.

— Mais avec vous, Florimont, mon fils a dû se montrer plus explicite ?... Avec vous, il a pu causer longuement... Cherchez encore à vous rappeler ! Il faut, il faut que nous retrouvions cette jeune fille !

— Je vous dirai, comme M. de Brettecourt, madame, que j'ai longuement réfléchi avant de me présenter chez vous. Et ce que je sais ne peut nous permettre de retrouver la maîtresse du marquis de Villepreux que... lorsque son enfant viendra au monde ; mais alors, je crois pouvoir vous répondre de la certitude du succès...

— Oh ! attendre jusque-là !... Attendre jusque-là, mon Dieu !... Enfin, parlez !

— M. le marquis m'avait donné à ce sujet une explication... d'une nature extrêmement délicate. — C'est dans un moment de fougue, dans une heure d'oubli, que cette jeune fille est devenue la maîtresse de votre fils ; et depuis, le marquis, comme honteux d'avoir abusé de sa douceur, l'a scrupuleusement respectée.

Et, très nettement :

— La date de la naissance de son enfant ne saurait donc être l'objet du moindre doute: votre cher fils me l'avait indiquée...

— Et cette date? balbutia la marquise.

— C'est la fin du mois de septembre, madame.

— Ainsi donc, pendant cinq mois, il faudra que j'attende au milieu des plus cruelles angoisses, en me disant chaque jour qu'une imprudence, qu'un excès de travail ou un stupide manque d'argent peuvent me faire perdre tout ce qui me reste de mon fils?... Non, non, c'est impossible!...

Qui sait même si cette jeune fille, se croyant trahie, abandonnée, déshonorée, ne voudra pas cacher son déshonneur dans la mort? Mais il faut la retrouver !

Et, avec la plus fiévreuse exaltation :

— Il le faut, messieurs !

— Madame, déclara le notaire, je vous engage ma parole de consacrer tous mes soins à cette tâche; M. de Brettecourt, je pense, m'y aidera... du moins pendant son congé ?

Henri s'écria avec feu :

— Si mon congé ne suffisait pas, je donnerais ma démission!

— Enfin, madame, ajouta le notaire, si tous nos efforts n'aboutissaient pas, nous aurons cette suprême ressource. d'attendre la fin du mois de septembre, les premiers jours d'octobre au plus tard. Grâce à mes relations, j'obtiendrai facilement, à cette époque, la liste des déclarations d'enfants naturels, nés de père inconnu. Et, au milieu de ces enfants, nous retrouverons votre...

Comme le notaire hésitait, la marquise, d'un air serein, acheva sa pensée :

— Mon petit-fils, Florimont! — Je veux d'ailleurs que tous ici connaissent ma volonté.

Elle frappa sur un timbre et ordonna au domestique qui accourut :

— Allez prévenir immédiatement M. le marquis et Mlle de Persant que je les attends ici.

Alors seulement, Honoré quitta sa cachette, gagna la porte

du boudoir et, par le couloir et l'escalier de service, revint dans sa chambre.

Et il s'y trouvait depuis deux ou trois secondes, lorsque le domestique y pénétra pour lui communiquer le désir de sa mère.

— C'est bien, je descends, dit-il.

Il se regarda un peu dans sa glace, pour bien composer son visage, puis descendit. Quand il pénétra dans le salon, il avait réussi à dissimuler, sous un masque plein de dignité, les abominables passions qui l'agitaient. — Juliette était déjà là, assise sur un tabouret, auprès de Mme de Villepreux. Honoré salua très cordialement le notaire, et fort correctement Brettecourt; puis il prit place dans un grand fauteuil, auprès de la cheminée, en face de la marquise, la place que son frère occupait autrefois.

— Vous m'avez fait demander, ma mère? dit-il avec un calme imperturbable.

— Oui, mon fils. — Lorsque tu m'as conseillé toi-même, ce matin, de recevoir M. de Brettecourt, j'hésitais... Je croyais, et tu croyais comme moi, que M. de Brettecourt s'exagérait l'importance de ce qu'il avait à me dire. Nous nous trompions, mon fils ! Ce qu'il m'a dit est de la plus haute gravité; et nous devons le remercier d'avoir eu le courage de forcer notre porte.

Honoré adressa un signe de tête à Brettecourt, comme un homme qui ne comprend pas.

Sa mère continuait :

— Toi seul, mon fils, tu me l'as dit, toi seul as assisté aux derniers moments de ton frère ?

— Oui, ma mère.

— Et... il n'a pas prononcé, dans cette minute suprême, une phrase... un mot?...

— Hélas ! ma mère, ne vous souvenez-vous pas que je vous ai dit que mon frère était mort sans avoir pu reprendre connaissance?

— C'est que, c'est que... j'aurais voulu me rattacher encore à cet espoir ! — Je n'en ai plus qu'un autre : ton frère ne t'avait-il pas confié le secret de son cœur?

Ici, Juliette de Persant leva un regard tout étonné sur la marquise.

— Patience, petite, dit celle-ci, tu vas me prouver tout à l'heure si tu aimais vraiment mon pauvre fils.

— Ma mère, dit alors Honoré : mon frère, me traitant un peu en cadet, ne me confiait guère ses secrets... J'avais seulement remarqué qu'il délaissait ses anciens plaisirs, qu'il devenait plus sérieux, plus grave; et j'en avais conclu qu'il se disposait à épouser bientôt l'exquise enfant que vous éleviez pour lui.

Juliette, attirée par la marquise, se laissa mignonnement aller contre elle.

— Ma pauvre chérie, dit gravement la marquise de Villepreux, mon fils n'aimait en toi qu'une sœur; ce n'est pas toi qu'il avait choisie pour sa femme. Et tu vas comprendre pourquoi, malgré sa mort, je t'arrache sans pitié cette illusion.

La marquise se redressa un peu; et, avec une sublime grandeur :

— Mes enfants, — car je vous considère tous les deux également comme mes enfants, — Dieu nous envoie dans notre malheur la plus douce, la plus exquise des consolations. Si notre bien-aimé Jean est mort, nous pouvons du moins reporter sur une autre tête l'immense affection que nous avions tous pour lui.

Elle s'arrêta un peu; puis, montrant à son fils Brettecourt et Florimont :

— Ces messieurs t'expliqueront les choses en détail, Honoré : je ne veux pas les répéter devant Juliette. Qu'il te suffise, en ce moment, de savoir une chose, c'est que mon fils Jean, marquis de Villepreux, aimait une femme, qu'il n'a pas eu le temps de l'épouser, mais que cette femme mettra bientôt au monde... un enfant !

Juliette se mit à trembler.

— Quelle peine je te fais, ma chérie ! murmura la marquise.

La jeune fille cacha sa tête en sanglotant sur les genoux de sa tutrice.

C'était le sacrifice de son premier amour, tous ses rêves de jeunesse.

— Ma chérie, continuait la marquise, Jean prévoyait sa mort : il avait remis son testament entre les mains de M. Florimont.

Dans ce testament, il te priait de traiter cette femme comme si elle avait été légitimement sa femme ; il te demandait son amitié pour son enfant... Refuserais-tu d'obéir à ses dernières volontés ?...

— Moi, mère ? s'écria la jeune fille avec un mouvement de noble enthousiasme. Non, mère, non ! je ne faillirai pas à... à l'amitié ! La pure amitié que j'avais vouée à Jean ! Faites-moi connaître cette femme, et je l'aimerai !

Puis elle bégaya :

— Et son enfant... l'enfant de Jean... comment ne l'aimerais-je point ?

— Bien, ma chère Juliette, bien ! Je n'attendais pas moins de toi !

La marquise l'embrassait avec une folle tendresse.

— Brave cœur ! murmura Brettecourt.

— Et... toi, mon fils? interrogea la marquise, que le silence d'Honoré inquiétait.

C'est qu'Honoré préparait sa réponse.

— Ma mère, dit-il, je vous avoue que je ne puis être que blessé d'avoir été mis ainsi presque en dehors du cœur de mon frère ! Mon frère ne rendait donc pas justice à mon cœur?... Il aurait eu en moi un confident si naturel... et si indulgent à ses projets ! Mais j'aurais déjà agi !... J'aurais pu, dès le lendemain de sa mort, devancer vos désirs, consoler cette femme... dont je viens seulement d'apprendre l'existence ; et je suis tout surpris de ce que M. de Brettecourt ait cru devoir faire ses confidences à ma mère d'abord, au lieu de me les faire à moi, qui suis devenu le chef de notre famille...

— J'espérais surtout dans l'indulgence de votre mère ! balbutia Brettecourt, un peu interloqué.

— Vous auriez dû surtout espérer en mon honneur, mon cher comte ! Vous me connaissez assez pour savoir à quel point le sang des Villepreux m'est sacré... Et, tout particulièrement le sang de mon frère bien-aimé ! Quoique Jean m'ait toujours traité un peu dédaigneusement, j'honorerai, je défendrai tout ce qui vient de lui, même d'une façon irrégulière.

Et, très solennellement, il ajouta :

— La femme qu'il a aimée sera une sœur pour moi ; et, quant à son enfant, si c'étais un fils, la loi, mon cher Florimont, me permet, je crois, de lui donner mon nom ?...

— Oui, monsieur le marquis.

— Quoi !... Tu ferais cela ? s'écria la marquise, qui tremblait depuis que son fils avait pris la parole.

— Je ferai tout ce que m'ordonne mon devoir ! Puis-je oublier que, sans le fils naturel de Jean de Villepreux, notre race se serait éteinte sous François Ier ?... Qui sait si je me marierai, si j'aurai des fils ?... Certes, oui, ma mère, l'enfant de mon frère sera le mien !

La marquise l'entoura de ses bras.

— Ah ! Tu es bien le marquis de Villepreux ! s'écria-t-elle avec transport.

— En auriez-vous jamais douté ? répliqua-t-il avec une superbe hauteur.

— Je ne te connaissais pas ! avoua-t-elle.

Juliette le contemplait avec admiration. Il était donc noble et généreux comme son frère ?

Puis, Honoré s'avança vers Brettecourt et Florimont, et leur tendit la main.

— Messieurs, je vous remercie de ce que vous avez fait. Veuillez bien passer avec moi dans mon cabinet : vous aurez la bonté de me répéter ce que vous avez dit à ma mère. J'ai resolu de lui éviter désormais tout ce qui pourrait ressembler à un souci ; et c'est moi qui me charge d'exécuter tous ses désirs.

Tandis que les trois hommes s'éloignaient, la marquise se jeta dans les bras de Juliette.

— Comme tu es bonne ! murmurait-elle ; oh ! que tu es bien ma fille !

— Oh ! oui, mère ! oh, oui ! Votre fille !... Et comme nous l'aimerons, ce petit être !...

Et la marquise souriait : elle entrevoyait ce visage d'enfant...

Elle était grand'mère !

X

SOUVENIRS

Lorsqu'on parcourt le quartier du Temple, ses rues noires, étroites, si fourmillantes, si pleines d'activité qu'elles semblent les conduits de quelque énorme machine, et qu'on débouche tout d'un coup à la place des Vosges, on éprouve une étrange impression de calme, de tranquillité. Dans toutes les rues comprises entre le boulevard Sébastopol, la rue Saint-Antoine et les grands boulevards, un étranger serait certainement effaré, assourdi, par le fracas des camions, le grondement des fabriques, le bourdonnement si spécial de ce quartier du travail, et surtout par le mouvement fiévreux de cette population parisienne, serrée, grouillante, pressée, et joyeuse malgré tout. C'est bien le quartier moderne, le quartier de la fabrique, le quartier de cet article de Paris que jalousent tous nos ennemis; quartier moderne et formé cependant de vieilles maisons, de rues trop étroites, souvent malsaines, où les amis de la population parisienne voudraient voir jeter un peu d'air et de lumière.

Cet air et cette lumière, on les trouve, mais insuffisamment pour un aussi vaste quartier, dans la belle place des Vosges. Là, tout est calme, grandiose, comme si le souvenir des époques passées pesait encore sur les beaux hôtels dont Henri IV ordonna la construction. Dès qu'on a franchi le pavillon de Birague ou l'entrée par la rue des Vosges, on se croirait dans une autre ville. C'est le Paris ancien, avec sa majesté; on s'attendrait presque à voir des seigneurs poudrés descendre de magnifiques carrosses; et le passage d'un camion chargé de ferraille semble une chose saugrenue au milieu de tant de souvenirs qu'évoque ce nom de place Royale, son nom primitif, devenu place des Vosges sous la Révolution, en l'honneur du département des Vosges qui avait, de tous les départements français, payé le premier ses contributions, le 20 germinal de l'an VIII ; de nouveau place Royale à la rentrée des Bourbons ; encore place des Vosges en 1848 ; place Royale sous l'empire ; et définitivement place des Vosges depuis la révolution du 4 septembre 1870.

Parmi tous ces hôtels, anciennes demeures des Montmorency, des Rohan, des Guéméné, des Richelieu, des Chabot, il n'en est pas de plus calme, de plus sévère, de plus majestueux, de plus endormi, que celui qui s'élève dans le coin à gauche du pavillon de Birague. — C'est là qu'habitaient Marie Renaud et sa grand'mère.

Leur logement, sous les combles, était situé assez heureusement. Il se composait de deux pièces, d'une cuisine et d'un cabinet. Le matin, le soleil l'emplissait d'une joyeuse lumière ; l'après-midi, par les deux petites fenêtres, on voyait l'autre côté de la place très éclairé, lançant des reflets ; et on croyait avoir le soleil toute la journée. Avec le ramage des enfants et des oiseaux qui montait du jardin, cela donnait l'impression d'une paix très douce, d'un bonheur assuré, que rien ne saurait troubler. Le soir, la paix devenait plus grande, infinie, un peu mélancolique : on se serait cru là à cent lieues de Paris.

Il était impossible d'être plus notaire et parfait notaire que M. Florimont. (Voir page 86.)

Le lendemain de la mort du marquis de Villepreux, le lendemain de cette soirée, où elle avait appris le déshonneur de sa petite-fille, maman Renaud était seule dans la salle à manger.

Marie était allée chercher de l'ouvrage chez Mme Welher.

La pauvre grand'mère n'avait pas la force de travailler ; assise devant le portrait de son fils, elle essuyait machinalement les larmes qui se reformaient sans cesse au coin de ses yeux...

Cependant, à force de regarder le portrait de l'officier, elle finit par sourire. Elle oubliait un peu les malheurs présents, pour songer à sa vie passée, aux années de bonheur qu'elle avait eues par ce fils.

Veuve de bonne heure, elle l'avait élevé, se consacrant à lui avec un dévouement absolu. Elle avait toujours accompli tous ses désirs, sans une hésitation, sans un regret. Pendant sa jeunesse, elle avait rêvé de lui faire prendre un métier sûr, qui ne l'éloignerait jamais d'elle; et, cependant, elle ne lui avait adressé

aucun reproche lorsqu'il avait dit :
— Je veux être officier !

Son père avait été officier. Aucune carrière ne lui semblait

Elle enleva, du fond de sa vieille malle, la robe qu'elle portait au mariage de son fils. (Voir page 100.)

aussi belle. Elle avait su lui cacher sa douleur et même se montrer forte quand on l'envoya en Afrique. C'est en Afrique, dans un combat semblable à celui de Sidi-Brahim, qu'il avait gagné la croix attachée au-dessous du portrait. Alors, elle avait rêvé pour lui une brillante alliance. Il était sorti dans les premiers de Saint-Cyr; ses chefs l'aimaient, tout lui faisait présager une superbe carrière. Et, une seconde fois, sa mère avait dû renoncer à ses rêves d'avenir.

— J'aime une orpheline sans fortune, lui dit-il un jour Permets-moi de l'épouser.

Il n'y eut chez elle aucun sentiment de jalousie. Le bonheur de son fils était sa vie. L'officier s'était donc marié ; mais, pour cela, il avait dû compléter la dot de sa femme, qui s'élevait à peine à une dizaine de mille francs. Sa mère possédait environ trente mille francs. Elle ne s'était pas repentie d'avoir cédé au désir de son fils. Elle trouva dans sa belle-fille une seconde fille. Et la naissance de sa petite-fille mit le comble à son bonheur.

*
* *

Malheureusement, la solde d'un lieutenant et même celle d'un capitaine ne sauraient suffire aux besoins d'un ménage. Dès la première année, la dot fut entamée. La jeune femme était délicate, avait besoin de beaucoup de soins. Chaque année, on prenait deux ou trois mille francs sur le capital. La vieille mère pressentait bien la gêne... Mais son fils était capitaine, proposé au choix pour le grade de commandan . La solde augmenterait. Il lui suffirait d'une de ces actions d'éclat dont il était coutumier pour enlever les épaulettes de colonel. Elle le voyait colonel, général, célèbre !

Lorsque la guerre de Crimée survint, leur capital était à peu près dépensé.

— Je regagnerai tout à la pointe de mon épée, dit joyeusement son fils.

Et il partit tout confiant ! La jeune femme étant souffrante, elles allèrent vivre dans le midi, passant leurs journées à se promener sur le bord de la mer, lisant et relisant les journaux qui leur apportaient des nouvelles de Crimée, aspirant après la paix qui leur rendrait ce fils et ce mari tant aimé. Et ce fut là que, dans un journal, elles apprirent brutalement, par une courte dépêche, sa mort glorieuse à l'attaque du Mamelon-Vert, où il était tombé en couvrant de son corps Jean de Villepreux qui tenait le drapeau.

Le chagrin tua sa belle-fille. Alors, elle partit pour la Crimée, après avoir mis sa petite-fille en pension. Elle avait voulu prier et pleurer sur cette terre qui lui avait ravi son bonheur, sur ces charniers où son fils était enseveli au milieu de tant de soldats français. Quand elle revint en France, ses ressources étaient épuisées. Et elle commença ce lourd calvaire : gagner sa vie et élever sa petite-fille.

On leur donna bien quelques secours au ministère de la Guerre ; mais elle ne savait ni demander ni se faire appuyer. Les secours diminuèrent peu à peu, pour cesser un jour sans raison. Et elle fut réduite au pauvre gain que lui rapportait son travail. Heureusement, l'éducation de sa petite-fille était terminée, et l'enfant allait, à son tour, pouvoir aider sa grand'mère. Après avoir travaillé pour plusieurs maisons, elle avait fini par trouver la maison Welher, qui lui fournissait de la besogne d'une façon régulière.

Comment, avec ce qu'elle gagnait et ce qu'on lui octroyait de loin en loin au ministère, avait-elle pu vivre jusqu'à ce jour, garder sa petite-fille auprès d'elle, l'élever soigneusement, lui faire donner une solide instruction ?... Elle seule aurait pu expliquer par quels prodiges elle était venue à bout de ce problème ; par quelles privations, quelle abnégation, quel oubli d'elle-même elle était passée. Elle ne s'en souvenait plus d'ailleurs. Sa petite-fille était élevée ; avait-elle besoin de songer à autre chose ?

Et alors le bonheur avait lui de nouveau pour elle : elle avait retrouvé son fils dans sa petite-fille. Elles vivaient dans un bonheur continu, sans un mélange. Seule, la grand'mère songeait à l'avenir ; mais la jeune fille ne désirait rien que vivre toujours ainsi, attelées à leur table de travail, se souriant, s'aimant, avec de rares promenades, les dimanches où toute la besogne était finie.

L'importance de leurs travaux avait augmenté. La grand'mère ne faisait autrefois que des choses un peu communes, exigeant seulement une grande assiduité. Mais, quand Mme Welher connut la jeune fille, elle se prit d'amitié pour elle et commença de lui confier des choses d'une finesse relative. Et comme les doigts de fée de la jeune ouvrière acquéraient chaque jour plus d'habileté, elle avait fini par lui donner ses travaux les plus fins, les riches robes de baptême, les bonnets de dentelle, les guimpes les plus délicates... Et, peu à peu, l'aisance entrait dans la maison.

La grand'mère disait :

— Petite, nous devrions prendre une ouvrière pour nous aider : nous serions deux à te préparer ton ouvrage, nous aurions de plus grosses commandes, nous mettrions un peu d'argent de côté, pour ton mariage...

— Mon mariage ! s'écriait gaiement la jeune fille. Ah ! maman Renaud, tu es donc bien pressée de te débarrasser de moi ?... Me marier ?... Restons comme nous sommes, va ; c'est si bon ! Avec une ouvrière entre nous, est-ce que nous pourrions nous aimer aussi bien ?

Mais maman Renaud avait une grande suite dans les idées. Et depuis quelque temps, elle revenait plus souvent sur cette question de l'ouvrière et surtout sur la question du mariage.

— Ah ! se disait-elle, si je pouvais lui trouver un brave et honnête garçon qui comprendrait le trésor que je lui donne !

Et, dans cette pensée, elle fut tout heureuse d'accepter les deux cartes d'invitation au bal du III° arrondissement, que lui offrit son propriétaire, — cartes prises par force, par obligation sociale, et données pour n'être pas perdues... A quoi tiennent parfois les destinées d'une vie ?...

*
* *

Un bal ! A ce seul mot, Marie eut un éblouissement. Elle avait cru bien fermement jusqu'alors qu'elle dédaignait un tel plaisir, et l'idée d'aller au bal la bouleversait. Elle ne se croyait pas coquette, et cependant ce fut une joie que d'acheter sa modeste robe de mousseline, de la tailler, de la faire le soir, après sa besogne : on traversait heureusement une saison peu pressée. Et la grand'mère aussi était coquette ; il ne fallait pas qu'elle fît mauvaise figure auprès de son enfant. Elle enleva, du fond de sa vieille malle, la robe qu'elle portait au mariage de son fils, robe décousue, soigneusement pliée, enveloppée. Elle fut étonnée de la retrouver fraîche, mais pas assez, toutefois, pour en faire cadeau à sa fille.

Et comme elle frissonnait, la chère petite fille, en se rendant à ce bal, où elle pensait bien que personne ne la remarquerait, ne l'inviterait, où elle s'attendait à passer méconnue, comme une petite Cendrillon ! Et elles avaient à peine fait quelques pas dans le bal, que maman Renaud, avec une impartialité

absolue, jugeait sa petite-fille la reine de cette fête, malgré
sa modeste robe, malgré son extrême simplicité.

— Si tous ces jeunes gens, pensa-t-elle, pouvaient deviner
quelle exquise bonté, quelles nobles qualités se cachent sous
sa beauté !

Mais, hélas ! pendant toute la première partie de la soirée,
les jeunes gens ne remarquèrent même pas la beauté de Marie.
D'ailleurs, elle s'était cachée, douce violette, dans un coin
un peu sombre. Mais, les yeux fixes, les lèvres frémissantes,
elle était toute à ce spectacle nouveau et en jouissait pleinement, sans une pensée de jalousie. Elle ne s'étonnait pas qu'on
la laissât sur sa chaise: elle trouvait toutes les jeunes filles
belles, élégantes, et se considérait elle-même comme un petit
rien, bien modeste, trop heureuse qu'on l'eût admise à cette
fête.

— Tu es contente, petite ? interrogeait de temps en temps
sa grand'mère.

— Oh ! oui, maman Renaud ! Je m'amuse de si bon cœur !

Elle croyait s'amuser parce qu'elle regardait s'amuser les
autres.

Tout à coup elle aperçut la bande de Vauchelles et
suivit ces jeunes gens des yeux, les jugeant instinctivement
différents des autres. Et, quand elle aperçut Jean de Villepreux, elle le trouva le plus beau. Il lui apparaissait dans
toute la splendeur d'un héros de roman. Et elle en était d'autant plus frappée qu'elle n'avait presque jamais lu de roman,
qu'elle ne savait rien de la vie, qu'elle était toute naïve, que
son pauvre cœur sans défense n'était que trop facile à conquérir. Elle devina qu'il viendrait la chercher ; et elle l'attendit. Et maman Renaud eut un petit mouvement d'orgueil
lorsque cet élégant jeune homme invita Marie.

« Les autres, se dit-elle, n'étaient pas capables d'apprécier
son enfant. »

Et Marie était heureuse, comme une héroïne de conte de fées
qu'un Prince charmant aurait enlevée de l'obscurité. Dans
cette première valse, tandis que Jean la serrait légèrement,
toute surprise de danser une danse qu'elle ne savait pas, elle
éprouva l'impression la plus délicieuse de sa vie. Elle se rendait compte, bien confusément, qu'il existait en ce monde
quelque chose qu'elle ne connaissait pas, et dont elle n'avait

même pas soupçonné l'existence, et que ce quelque chose
pénétrait en elle, versant un feu nouveau dans ses veines...
Puis elle marcha au bras de Jean de Villepreux, si légère
qu'elle semblait s'envoler de la terre. Quand elle dansa avec
lui une seconde fois, elle était étourdie; et lorsque sa grand'-
mère l'emmena et qu'elle dit adieu à Jean, toute son âme se
donna dans un sourire.

*
* *

Deux jours plus tard, quand Marie s'assit à sa table de
travail, l'enfant n'existait plus en elle : la jeune fille s'était
éveillée dans l'amour. Et c'était chez elle un invincible besoin
de parler, de parler sans cesse et toujours de ce bal et surtout
de ce jeune homme qui, pour elle, résumait toute la fête.

— N'est-ce pas, maman Renaud, qu'il a été bien aimable
et bien respectueux ?

— Oui, chérie.

— Et il n'a fait danser que moi... Oh! moi, après lui, je
n'aurais pas pu danser avec un autre...

— Tu es une enfant ! Travaillons, disait la grand'mère,
qui commençait à s'inquiéter.

— Oh! je vais vite!

Et Marie montrait son ouvrage qui avançait rapidement.
Elle travaillait avec une activité fiévreuse.

Elle disait aussi :

— Et tu crois, réellement, maman Renaud, qu'en prenant
une ouvrière, nous pourrions gagner davantage?

— Oui, ambitieuse; mais il faut y réfléchir... Nous verrons
cela...

La vieille avait peur maintenant de ce changement subit.
Et la jeune fille revenait à son beau cavalier.

— Enfin, maman Renaud, n'est-ce pas curieux que j'aie su
valser à son bras? Au bras d'un autre, je n'aurais certainement pas su... Tu ne m'avais appris que la polka...

Pauvre maman Renaud! elle lui avait appris tout ce qu'elle
savait: elle lui avait donné gravement des leçons, en chantant
un air vieillot, le premier air de polka qui s'était répandu en
France pendant sa jeunesse ; et elle lui avait appris aussi à
faire la révérence... Elle aurait dû lui apprendre plutôt la

science de la vie ; mais elle était si heureuse de conserver ce
cœur chaste, ignorant, généreux !

Et puis, toute sa science à elle avait consisté à aimer, à se
dévouer !

Le samedi, Marie allait généralement porter son ouvrage à
Mme Welher. Elle marchait toujours très rapidement, sa boîte
sous le bras, les yeux baissés, ou fixés droit devant elle, ne
songeant qu'à aller vite pour être vite revenue. D'abord, sa
grand'mère l'avait accompagnée ; puis elle avait pris l'habitude de rester à la maison pour faire, pendant l'absence de sa
fille, un grand rangement. Elle était bien certaine que Marie
passait pure, immaculée, au milieu des corruptions pari-
siennes. Parfois, des jeunes gens, frappés par sa beauté,
osaient la dévisager. Alors, elle allait un peu plus vite, tout
simplement, ne comprenant pas ce qui en elle pouvait
exciter cette curiosité.

Le samedi qui suivit le bal, elle se rendit comme d'habitude chez Mme Welher. Sa grand'mère, un peu craintive,
aurait voulu l'accompagner ; mais elle demanda naïvement :

— Pourquoi ?

Et la grand'mère n'osa pas dire le pourquoi.

— Ne t'attarde pas !

— Oh ! sois tranquille ; il faut que nous regagnions le
temps perdu avec cette fête.

Et elle s'en fut, marchant comme toujours très vite, n'atta-
chant aucune attention à ce qui se passait dans les rues,
perdue dans son rêve.

Et, cependant, un homme la suivait.

Depuis huit jours, Jean de Villepreux passait sa vie sous
les arcades de la place des Vosges, épiant les allées et venues
de la grand'mère qui, seule, sortait pour les petites commis-
sions du ménage. Il attendait patiemment, espérant bien que
Marie sortirait enfin. Ce jour-là, il la suivit prudemment, la
trouvant encore plus charmante, dans sa petite robe noire unie,
sous son chapeau de paille commune garni d'un modeste
nœud rose... Quand elle eut disparu sous la voûte de la maison
de la rue de Cléry, habitée par Mme Welher, il se plaça tout
auprès, attendant qu'elle ressortît. Il l'aborderait alors, et lui
offrirait de la reconduire.

Et, quand il la vit de nouveau, repartant si vite, il n'osa pas. Ce mondain à bonnes fortunes était soudainement devenu timide devant cette simple jeune fille. Il se contenta, arrivé à la place des Vosges, de la dépasser un peu et de la saluer. Elle s'arrêta toute saisie, devint blanche comme un lis ; son cœur étouffait. Et elle murmura :

— Bonjour, monsieur.

Il s'éloigna, ravi par ces deux mots banaux, plus fier que s'il avait fait la plus brillante conquête.

Marie était déjà rentrée dans sa maison, et elle montait comme folle le grand escalier de pierre à rampe de fer forgé. Maintenant son visage, où le sang affluait, éclatait de bonheur.

— Maman Renaud, maman Renaud ! s'écria-t-elle en laissant tomber sa boîte.

— Quoi, petite ? Quoi donc ?

— Maman Renaud, je l'ai revu ! Il doit habiter notre quartier ; il passait devant notre porte, il m'a saluée.

Maman Renaud fronça les sourcils.

— Prends garde, petite !

— Et à quoi ?

— Mais c'est très imprudent de se laisser ainsi saluer quand tu es toute seule !

— Je ne pouvais pourtant pas l'empêcher de me saluer !

— J'espère que tu es passée sans rien dire ?

— Oh ! non, fit Marie en secouant sa jolie tête, je lui ai rendu son salut bien gentiment... J'étais si contente !

Maman Renaud jugea qu'il ne fallait pas détruire trop brusquement les illusions de son enfant; mais elle se défiait. Ce ne fut que très doucement qu'elle essaya de prouver à Marie que les hommes sont faux, trompeurs, qu'on ne doit les écouter qu'avec une extrême prudence.

Marie souriait ; elle avait une confiance inaltérable.

— Tous les autres, oui, maman Renaud, tant que tu voudras, mais pas lui ! On voit bien sur son visage quand un homme ment. Lui est incapable de mentir !

Elle avait, par-dessus tout, l'horreur du mensonge.

La semaine s'écoula en discussions infinies entre la grand'mère et la petite fille.

— Vraiment, grand'mère, disait Marie toute peinée, qu'as-tu donc contre lui? Toi, si bonne toujours, comment deviens-tu méchante quand il s'agit de lui?

Quinze jours après, un dimanche, les deux femmes étaient descendues pour se promener dans le jardin de la place Royale où jouait une musique militaire. C'était leur plus grande distraction, l'été. La musique faisait éprouver à Marie des sensations si douces, la plongeait dans des rêveries si heureuses, qu'elle attendait avec une légère impatience le dimanche et le jeudi. Le jeudi, c'était de sa fenêtre qu'elle écoutait; mais, le dimanche, elle jouissait plus vivement en se promenant dans les allées du jardin; et elle trouvait superbe cette pauvre végétation enserrée dans des grilles, étouffée par les hautes façades des maisons qui l'entourent.

Comme elles suivaient une allée un peu longue, étroite, elles aperçurent à une certaine distance un jeune homme qui les salua aussitôt.

— C'est lui, maman Renaud. Vois comme il a l'air timide et respectueux!

Il tremblait, en effet. Depuis deux dimanches, il venait là; et il avait fixé à aujourd'hui ce grand coup d'audace : lier sérieusement connaissance avec elles. Et il tremblait comme un enfant.

Il les aborda cependant:

— Permettez-moi, madame, de prendre de vos nouvelles.

Il semblait ne pas faire attention à Marie, et s'occuper seulement de la grand'mère. Sans en demander la permission, il se mit à marcher auprès d'elles et s'excusa bien gentiment de son audace. Ce fut alors qu'il raconta la petite histoire qu'il avait préparée : sa vie creuse, abandonnée, dans le quartier Latin, son ennui profond de ne pas connaître à Paris de famille au sein de laquelle il pût se reposer, la hâte qu'il avait maintenant de terminer ses études pour retourner en province. Et, en disant tout cela, il avait l'air de consulter la grand'-mère, comme si elle seule, dans sa vieille expérience, eût pu le comprendre. « Il est réellement fort bien élevé, songeait-elle; et, s'il commence par me faire ainsi la cour, c'est qu'il a des intentions sérieuses, honnêtes. » Cependant, elle ne put s'empêcher de lui faire encore remarquer qu'il semblait un peu plus âgé que ne le sont d'habitude les étudiants. Et il lui expliqua que, les premières années de son séjour à Paris, il avait fait comme bien des jeunes gens, qu'il s'était amusé au lieu de travailler. Puis, son examen de licence passé, il n'avait pas eu le courage d'aller s'enterrer en province, et il avait commencé son doctorat. Mais, en vieillissant, il s'ennuyait dans ce quartier Latin ! Il désertait ses cafés, ses fêtes trop tapageuses, et il regrettait de ne s'être pas créé à Paris des relations de famille... Son isolement lui pesait !

Marie écoutait toutes ses paroles avec ravissement. Il était bien tel qu'elle le rêvait, simple, bon, aimant. Puis il parlèrent de ce bal où ils s'étaient vus pour la première fois. Et Jean les reconduisit jusqu'à leur porte, en demandant la permission de leur faire de temps en temps une courte visite. Maman Renaud, voyant le désir dans les yeux de sa fille, n'osa pas refuser. Et quand elles furent remontées dans leur petit logement, Marie se jeta dans les bras de sa grand'mère, pleurant et riant.

— Seras-tu encore défiante, maman Renaud ? Un si bon et si charmant jeune homme !

Maman Renaud n'avait plus la force d'être défiante : elle était conquise, elle aussi, charmée, séduite par la grâce et l'élégance souveraines de Jean de Villepreux. Elle cherchait dans ses souvenirs et ne trouvait que son fils à qui elle pût le comparer. Mais elle crut devoir encore prononcer quelques paroles de sagesse, recommander la prudence à sa petite-fille. Marie souriait : elle aimait Jean Berthier et savait déjà, sûrement, que Jean Berthier l'aimait. Et elle lui était bien reconnaissante de s'être montré si aimable pour sa grand'mère.

Dès lors, elle l'attendit chaque jour.

— Nous ne savons pas quel jour il viendra, grand'mère ; il faut qu'il trouve tout bien propre chez nous, bien joli !

Elle surveillait plus spécialement le ménage ; elle donnait un air de fête à leur atelier. C'est là qu'il la verrait ; elle voulait être coquette dans son travail. Elle mettait, tous les jours, des fleurs nouvelles sur la table.

Il vint trois jours après. Et ce fut une entrevue charmante. Le travail étant pressé, elle ne quitta pas sa table. Il s'assit entre les deux femmes, émerveillé par leur adresse, par le

goût qu'elles apportaient dans les moindres choses. Il osait à
peine parler. Marie faisait un petit bonnet de valenciennes;
quand elle l'eut terminé, elle le plaça sur son petit poing
fermé et le lui montra.

— Comment le trouvez-vous ?

Il aurait voulu baiser ce petit poing. Elle dit :

— C'est pour des gens très riches, et qui demandent tout
ce qu'il y a de plus beau. C'est bon de pouvoir gâter ainsi ses
enfants... Mais on ne les aime pas mieux pour cela !

Il revint souvent, les trouvant toujours à la besogne,
séduit par la paix si calme de ce petit logement, éprouvant
des émotions si neuves, si différentes de celles qu'il avait
connues jusqu'alors, qu'il s'en allait tout bouleversé ! La
scène du portrait le rendit définitivement l'ami de la grand'-
mère. Toute défiance avait disparu chez elle. Cependant, un
soir où Marie était allée chez Mme Welher, maman Renaud
reçut Jean Berthier avec plus de gravité que de coutume ; et,
sans hésitation, elle lui dit que ses visites ne pourraient être
admises plus longtemps s'il ne leur donnait un motif hono-
rable. Lui non plus n'hésita pas.

— Je vais demander tout à l'heure à votre petite-fille si elle
veut bien de moi pour mari...

— Non, non, répondit sagement la grand'mère, réfléchissez
encore, écrivez à votre mère; et, dans huit jours, si votre
cœur n'a pas changé, vous nous engagerez votre parole.

Et elle le renvoya impitoyablement. Huit jours après, il
revenait plus épris que jamais, annonçait formellement son
intention d'épouser Marie. Et maman Renaud, définitivement
vaincue, disait à son enfant :

— Embrasse ton fiancé !

Ah ! ce premier baiser, quel bonheur il donna à ces deux
êtres ! Une félicité sans mélange les unissait pour jamais.
Le bonheur de Jean de Villepreux fut si intense qu'il éprouva
pour la première fois la crainte de le perdre ; dès ce moment,
il songea à la possibilité de sa mort, à la nécessité de faire
son testament. Marie était anéantie par le bonheur; il lui
semblait qu'elle n'était plus la même femme. Elle aurait
voulu rester ainsi éternellement, dans les bras de son fiancé.
Ce baiser si chaste, si pur, l'avait transportée dans un monde

divin. Maman Renaud souriait, tout épanouie. Elle retrouvait
un fils.

Ils menèrent alors, tous les trois, la vie la plus adorable.
Seul, Jean avait des instants de tristesse à la pensée qu'il

Il se contenta, arrivé à la place des Vosges, de la dépasser un peu
et de la saluer. (Voir page 104.)

trompait celles qu'il considérait franchement comme sa
future famille ; mais il écartait vite ses remords: quel triomphe
pour lui quand il leur dirait la vérité ! Il était aimé sans que
sa richesse, sans que son nom eussent été connus, et aimé par
une jeune fille qu'il se plaisait à comparer à sa mère, — cette
mère dont Marie parlait sans cesse.

— M'aimera-t-elle, Jean ? Moi, je lui réserve une si belle

place, dans mon cœur !... Tu ne seras pas jalouse, maman Renaud ?

Maman Renaud travaillait double, pour laisser à son enfant le temps de rêver lorsque Jean était parti, de causer longuement avec lui lorsqu'il passait la soirée chez elles. Et cela arrivait bien souvent, plusieurs fois par semaine. Il venait en vrai fiancé, mais sans que rien pût trahir sa personnalité. Il avait offert à Marie une simple bague, une petite perle entourée de modestes roses.

Ils le trouvèrent fiévreusement penché sur un plan de Paris. (Voir page 116.)

—Une folie ! avait déclaré la grand'mère.

Et Marie était enchantée. Et lui souriait de la voir si contente, pour un si petit cadeau ; plus tard, elle aurait tous les bijoux de la famille de Villepreux ! Il s'amusait à lui donner des fleurs les plus rares, les plus fines, mais en prétendant qu'il les avait achetées à des marchandes des rues. Un jour, il lui porta des orchidées d'une délicatesse extrême, de longues fleurs sur des tiges frêles, nuancées des couleurs les plus intenses.

— Mais où donc pouvez-vous trouver de si jolies fleurs ? demanda la grand'mère qui n'avait jamais rien vu de pareil.

Cette fois il répondit que c'était aux Halles, et il avoua, d'un air bon enfant, qu'il avait réellement fait une petite folie.

Marie le remercia d'un regard. Cela ne la surprenait point qu'il trouvât pour elle de si jolies choses.

Elle l'aimait tant !

Elle l'aimait trop !

Elle ignorait le mal et ne s'imaginait surtout pas que le mal pût venir de l'homme qu'elle adorait.

Un soir, il fallait livrer une commande très pressée à Mme Welher : Jean était venu trop souvent pendant la semaine, on avait trop bavardé, et Marie n'avait pas terminé sa besogne pour la porter rue de Cléry à l'heure habituelle.

C'était un samedi. Jean avait dit qu'il viendrait. Et Marie travaillait fiévreusement, achevant à la hâte un dernier bonnet.

— C'est fait, dit-elle, vers huit heures. Vite, maman Renaud, vite, ma boîte ! Je vais courir, je serai de retour à neuf heures.

Mais la grand'mère comprit la peine qu'avait son enfant de s'éloigner au moment où le fiancé allait venir.

— Reste, petite, j'irai livrer...

Marie lui sauta au cou :

— Oh ! maman Renaud ! Comme tu es gentille !

Et, sa grand'mère partie, elle se mit à ranger son atelier, pour faire un salon à son fiancé.

Jean arriva presque aussitôt, portant ce jour-là un simple bouquet de violettes de Parme.

— Marie !

— Mon bien-aimé !

Ils ne prononcèrent pas d'autres paroles. Ils étaient déjà dans les bras l'un de l'autre, s'étreignant avec une passion folle.

Jean de Villepreux ne sut pas résister à son amour. Et Marie céda, inconsciente, surprise par le bonheur nouveau qui les unissait. Il lui sembla qu'elle se fondait en lui.

Quand la pauvre grand'mère rentra enfin, bien fatiguée de sa longue course à la rue de Cléry, le malheur était irréparable...

Pauvre maman Renaud ! A peine si elle remarqua que, durant cette soirée, Jean redoublait de soins pour Marie !

— J'ai bien fait, se disait-elle, de leur laisser une soirée de liberté. Une grand'mère comme moi, ce n'est pas bien gênant; mais les amoureux aiment tant à être seuls!

Depuis, sans jamais les quitter complètement de nouveau, elle leur fournit plusieurs fois l'occasion de parler en tête à tête.

Marie n'adressa jamais à son fiancé le moindre reproche. Elle lui jetait seulement des regards timides, attendris, des regards qui disaient:

« Je suis toute à toi ! »

Maintenant, d'ailleurs, Jean parlait de fixer la date de leur mariage : il irait, disait-il, passer quelques semaines dans son pays, afin de régler certaines affaires et s'entendre définitivement avec sa mère. Et lorsqu'il descendait le grand escalier de la maison de la place des Vosges, il souriait tout doucement : Marie avait une sorte de respect pour cette vieille maison, habitée jadis par des gens si illustres, pour ce large escalier et sa rampe superbe.

Comme il serait fier et heureux, lorsqu'il aurait obtenu le consentement de sa mère, de revenir, précédé par de Brettecourt! Il avait rêvé un coup de théâtre; il chargerait Henri de se présenter en son mon et de dire gravement à maman Renaud :

— Madame, je suis le comte de Brettecourt et je viens, au nom de mon ami, Jean d'Angoville, marquis de Villepreux, vous demander la main de Mlle Marie...

Quelle surprise alors ! Il devinait l'effarement de maman Renaud, le radieux éblouissement de Marie.

Et il la conduirait triomphalement dans son bel hôtel de la rue Saint-Dominique; et elle gravirait à son bras un escalier encore plus majestueux que celui de la place des Vosges...

Cependant, Marie commençait à s'assombrir; ses regards d'amour renfermaient une supplication de plus en plus tendre. Et, un soir, à voix basse, d'une voix tremblante, plaintive, elle dit à son fiancé :

— Jean, j'ai besoin de vous parler en secret.

Il s'attendait à cette demande.

— Demain, dans ma chambre d'étudiant, répondit-il.

— J'y serai à six heures.

Le prétexte fut facile à trouver : un renseignement a prendre chez Mme Welher.

Et le lendemain, Marie arrivait, à six heures, boulevard Saint-Michel, où Jean avait loué sa chambre d'étudiant, une chambre habituellement bien froide, mais qu'il avait égayée ce jour-là par les plus belles fleurs qu'il avait pu trouver.

Elle n'eut pas besoin de parler. Elle éclata en sanglots dans les bras de son fiancé.

Et lui, se mettant à genoux, dit :

— Je devine, chérie ! Mais ne crains rien, mon adorée !... Mais sèche bien vite tes larmes... Est-ce qu'aucune peine peut te venir de moi, ma femme ?

Elle le remercia en l'étreignant follement ; puis, au milieu de ses larmes, elle balbutia :

— Mais, votre mère ?

— Ma mère ne pourra que t'aimer davantage quand elle saura qu'elle est grand'mère !

Le lendemain, Marie se consola de ne pas le voir, en refaisant le bouquet qu'il lui avait donné la veille. Mais, quand huit jours se furent écoulés sans qu'elle eût revu Jean Berthier, sans qu'elle eût reçu la moindre nouvelle de lui, elle commença à s'inquiéter... Un matin, n'y tenant plus, elle descendit tout à coup chez la concierge :

— Vous n'avez rien pour nous ?

— Non, rien, mademoiselle.

Elle remonta lentement et parut devant sa grand'mère, le visage très brave ; mais, dans l'escalier, elle s'était arrêtée pour pleurer un peu.

Ce n'était rien qu'un retard d'une semaine ; et cependant... cependant...

— Rien ? fit sa grand'mère, en lui voyant les mains vides. Comme tu as été longtemps ! Je croyais que tu avais une lettre et que tu la lisais dans l'escalier...

— Il viendra sans doute ce soir, dit Marie assez ferme.

Et elle se remit à son travail.

Elle semblait tout absorbée dans la confection d'une bavette ; et, si sa grand'mère lui adressait la parole, elle ne répondait que par des monosyllabes, évitant toute longue conversation.

— Enfin, qu'as-tu donc, petite ?

Et maman Renaud se disposait à la plaisanter; Marie ré·
pondit, l'air un peu vexé :

— Ce nouveau point anglais que Mme Welher m'a montré est si difficile !

Elle ne voulait pas que rien vînt la distraire de son atten·
tion. Elle écoutait les moindres bruits... Un pas dans l'escalier la faisait tressaillir... Par moments, elle jetait un regard
sur la place des Vosges, vers l'angle opposé à leur maison.
Jean arrivait quelquefois de ce côté, et lui envoyait un salut.

Hélas ! il n'arriverait plus ainsi.

A la fin de la soirée, maman Renaud expliqua à sa fille que
les hommes sont souvent pris par des affaires subites qui les
accaparent sans leur laisser une minute de liberté. Mais
Marie ne voulait pas écouter ces consolations :

— Il aurait toujours pu m'écrire un mot! Qu'il soit pris
tout le jour, je le comprends; mais, la nuit, il lui aurait été
si facile de tracer deux lignes pour me dire qu'il ne m'oublie
pas ! Ah ! s'il savait la peine qu'il me fait !

Elle ne s'endormit que très tard et eut un sommeil agité ;
elle rêvait sans cesse à lui. Tantôt elle se voyait à son bras,
marchant en robe blanche à l'autel; tantôt il l'avait abandonnée...

La nuit suivante, elle rêva qu'elle le voyait tout pâle, comme
mort..

Et les jours et les jours s'écoulaient.

Et Jean Berthier ne revenait pas.

Il ne devait jamais revenir...

Tous ces souvenirs s'étaient dressés aux yeux de maman
Renaud, tandis qu'elle contemplait le portrait de son fils.

Elle passa plus d'une heure ainsi.

Et, quand elle eut défilé tout le chapelet de ses joies et de
ses peines, en proférant de temps en temps quelque parole
de colère, elle jeta une dernière insulte à Jean Berthier.

— Lâche ! Menteur !

Elle n'espérait plus. Sa pauvre petite-fille était bien
abandonnée...

XI

RECHERCHES EN PARTIE DOUBLE

ALGRÉ l'épouvantable catastrophe qui avait si soudainement frappé la famille de Villepreux, l'hôtel de la rue Saint-Dominique avait promptement perdu cette allure morne, navrée, de deuil irréparable, qu'il avait les premiers jours. Sans doute, le deuil était porté rigoureusement ; sans doute, dans toute la vaste habitation, on n'aurait pas entendu un éclat de rire, une parole légère. Mais il n'y régnait pas ce silence désolé des maisons frappées par la mort. Tout le jour, c'était des chuchotements, des conversations à voix basse, fiévreusement animées, des mots que les domestiques avaient surpris en pénétrant au salon, ou, lorsque le marquis Honoré de Villepreux reconduisait Florimont ou Brettecourt, des lambeaux de phrase entendus par la femme de chambre de la marquise tandis que la pauvre mère s'entretenait avec Juliette... Et tout cela était répété, commenté, avec de longs développements. Et la douleur s'effaçait presque, pour faire place à l'espoir qui couvait sourdement, cet espoir de retrouver l'enfant du maître si respectueusement aimé.

On guettait avec impatience la venue du notaire, de Brettecourt ; on espérait qu'un jour ils arriveraient, le visage triomphant, *qu'ils auraient enfin trouvé.* On avait renoncé à rien lire sur le visage d'Honoré lorsque lui aussi revenait de ses recherches. Ce visage n'exprimait rien que le calme le plus glacial. Et comme, autour de lui, tous les visages étaient éclairés par l'espérance et que le sien était resté morne, froid, c'est lui qui semblait le plus profondément désolé de la mort de son frère. Tout le monde s'y était laissé prendre, même Florimont et Brettecourt. Et ils se disaient qu'il jalousait son frère... mais qu'il l'aimait.

Il les avait forcés, d'ailleurs, dès leur première entrevue, à revenir sur l'opinion qu'ils s'étaient faite de lui. Il leur avait joué, avec une habileté consommée, la comédie de l'amour fraternel. Et c'est avec des sanglots qu'il avait répété et répété :

— L'enfant de mon frère sera mon enfant !...

Et Florimont et Brettecourt, surpris, très heureusement, n'avaient plus hésité à confier à Honoré tout ce qu'ils tenaient de Jean de Villepreux. Le traître prenait des notes. Et, quand ils eurent terminé, il les remercia et leur fixa un rendez-vous pour le lendemain.

— Demain, leur dit-il, nous diviserons nos recherches pour mieux aboutir.

Il passa toute la nuit à méditer. Guépin vint rôder dans sa chambre, s'attendant à quelque confidence ; mais son maître le renvoya brusquement.

— Je n'ai pas oublié ce que je vous ai promis, lui dit-il ; et dans quelques jours...

— Ce n'est pas un sentiment d'intérêt qui m'amenait chez monsieur le marquis ; j'espérais seulement pouvoir donner à monsieur le marquis de nouvelles preuves de mon dévouement.

— Plus tard, Guépin, plus tard. J'aurai sans doute besoin de vous ; mais le moment n'est pas venu.

Il sentait bien que, dans l'entreprise où il se lançait, il aurait besoin d'un auxiliaire subalterne ; mais cette complicité lui répugnait, et il espérait bien la réduire au strict nécessaire.

Il passa la nuit à examiner point par point tout ce que lui avaient raconté Brettecourt et Florimont, se disant :

— Rien, dans tout cela, n'indique le quartier habité par la demoiselle... Rien... Moi seul le sais...

Et il formait lentement son plan, avec le plus tranquille cynisme.

— Je les lancerai dans tout Paris, excepté dans le Marais : ils perdront leur temps et ne trouveront naturellement rien. Cela occupera le congé de M. de Brettecourt, les loisirs que le notariat laisse à M. Florimont, et les fera beaucoup marcher, chose excellente au point de vue hygiénique. — Moi, je saurai avant longtemps le nom de la jeune fille ; Guépin me découvrira alors très facilement son adresse. Et je me charge du reste... Ma mère aura la fièvre jusqu'à l'époque pré-

sumée de la naissance de son petit-fils ; et, comme j'aurai soin
que ce petit-fils vienne au monde tout autre part qu'à Paris,
on ne trouvera rien de plus dans six mois que maintenant. Il
y aura des crises de larmes, on s'attendrira beaucoup... Je
pleurerai moi aussi... Juliette est très sensible aux crises de
larmes... Parbleu, je suis bien maître de l'avenir !

Le lendemain, lorsque Florimont et Brettecourt se présen-
tèrent chez lui, ils le trouvèrent fiévreusement penché sur un
plan de Paris.

— Messieurs, leur dit-il, après les premières salutations,
j'étais en train de préparer la besogne pour chacun de nous.
Je me serais chargé de tout avec bonheur ; mais... puisque
vous voulez votre part dans nos recherches ?...

— Certes ! interrompit Brettecourt.

— Eh bien, reprit Honoré, nous ne savons qu'une chose
sur cette jeune fille : c'est qu'elle vit avec sa grand'mère...

— Et qu'elle est ouvrière en lingerie...

— Parfaitement. Mais... auriez-vous, l'un ou l'autre, le
moindre renseignement sur le quartier qu'elle habite ?

— Aucun, hélas ! dirent les deux hommes.

— Il faut donc que nous la retrouvions munis de ces deux
seuls renseignements. C'est peu ; mais, avec du courage, nous
réussirons...

— Surtout avec de la patience, dit Florimont.

— En effet, car il nous faudra visiter les quartiers, rue par
rue, maison par maison.

— Je me suis présenté ce matin chez le ministre de la
Guerre, dit Brettecourt ; je lui ai exposé l'affreuse situation
dans laquelle je me trouvais, ma volonté de réparer dans toute
la mesure du possible le malheur que j'ai causé : il prolongera
mon congé, sous prétexte de convalescence, aussi longtemps
que je le désirerai.

— Merci, Brettecourt ! fit Honoré avec un geste de reconnaissance. Mais vous, Florimont, pourrez-vous, au milieu de
tous vos travaux, vous occuper de...?

— Monsieur le marquis, je vous donnerai la moitié de
mon temps.

— Merci, merci ! — Nous devons procéder méthodique-
ment alors, et nous partager Paris par arrondissements...

Vous, Florimont, qui aurez le moins de temps libre, vous ferez les arrondissements qui vous entourent : le V°, le VI° et le VII°.

— Soit ! dit le notaire.

— Moi, reprit Honoré, forcé de m'occuper beaucoup de ma mère, j'aurai plus de temps que vous, mais moins que Brettecourt ; je me chargerai des arrondissements compris entre la Seine et les grands boulevards.

Il les montrait du doigt sur le plan de Paris :

— Du Ier au IV°, du VIII° au XI°.

— Et à moi tout le reste ? s'écria avec élan Brettecourt.

— Oui, à vous la plus lourde tâche !

— Merci ! s'écria simplement Brettecourt. J'espère l'accomplir plus vite encore que vous n'aurez rempli la vôtre.

Les deux hommes se retirèrent et, le jour même, commencèrent leurs recherches. Quant à Honoré, il commença les siennes, mais d'une façon quelque peu différente.

*
* *

La marquise et Juliette ne pleuraient plus ; elles vivaient dans l'espérance du succès. Tous les deux jours, Brettecourt et Florimont venaient rendre exactement compte à Honoré de ce qu'ils avaient fait. Florimont avait fourni à Brettecourt des moyens pratiques : il lui donnait des lettres de recommandation pour les personnes qu'il connaissait dans les divers quartiers de Paris. Et, dans chaque rue visitée par eux, ils étaient parvenus à établir une liste exacte des locataires de tous les immeubles.

Ils n'avaient encore fait aucune découverte intéressante ; mais ils commençaient à peine, et ils étaient formellement décidés à aller jusqu'au bout sans se décourager. Quant aux frais nécessités par ces recherches, l'un et l'autre aurait voulu les supporter ; mais Honoré, au nom de sa mère, leur avait déclaré que c'était à la famille de Villepreux seule qu'appartenait ce droit.

La marquise était la plus impatiente. Elle redoutait les fatigues qui devaient forcément accabler la maîtresse de son fils... Elle redoutait surtout le chagrin qu'elle avait dû éprouver en se croyant abandonnée !

— Mais nous la soignerons si bien, disait Juliette, quand on l'aura retrouvée !

Et la jeune fille avait proposé la première :

— Mère, si nous préparions sa layette?

— Comment te récompenser de tant d'abnégation? avait répondu la marquise.

Et elles s'étaient mises à composer une magnifique layette pour l'enfant tant désiré. Honoré avait commandé un berceau qui serait une petite merveille. Et elles passaient leurs soirées à travailler. Elles étaient un peu maladroites; mais elles ne voulaient pas se contenter d'avoir acheté de ces objets délicieux, mignons, qui ravissent les mères; elles voulaient, de leurs doigts, avoir travaillé, cousu elles-mêmes... Juliette assemblait d'étroites bandes de fine mousseline, séparées par des vieilles dentelles que lui donnait la marquise. Ce serait pour le devant de sa robe de baptême.

Honoré passait presque toutes ses soirées auprès d'elles; et il s'intéressait à leurs travaux de l'air le plus attendri.

— Ah ! je vous promets que nous réussirons, leur disait-il. J'ai même comme un pressentiment que c'est moi qui trouverai cette pauvre jeune fille; je serais presque jaloux que ce soit un autre !

Depuis qu'il était devenu le chef de la famille, il ne se donnait pas une minute de repos. Le matin, il se consacrait entièrement à l'administration de sa fortune. Sa mère ne voulait pas entendre parler de questions d'intérêt, elle lui donnait simplement sa signature quand il la lui demandait, et il s'emparait peu à peu de tout, bien décidé à annihiler la marquise dans l'avenir. Il s'était promptement mis au courant de toutes leurs sources de revenus, ne les trouvait pas suffisantes et se promettait de leur faire produire prochainement davantage. Il examinait aussi les titres de la fortune de Juliette, fortune confiée depuis longtemps à la direction de M° Genty et maintenant de Florimont. Comme les intérêts s'en étaient accumulés, elle avait doublé et s'élevait à plus de deux millions.

Il prononçait ces deux mots avec la plus intense satisfaction.

— Deux millions... bien liquides !

Ce chiffre éblouissait Honoré, dont la fortune était plus
élevée, mais se composait principalement de terres, du château d'Angoville et de l'hôtel de la rue Saint-Dominique,
toutes choses fort belles, fort anciennes, mais très peu
liquides, et ne permettant pas de se lancer, à moins de les
hypothéquer, dans les grandes spéculations financières que
rêvait son cerveau. Et il commençait à se dire :

— Je ne trouverai jamais de meilleur parti que cette petite
Juliette... Un peu bécasse, un peu trop sentimentale... Je ne
l'en dominerai que mieux !

L'après-midi il sortait régulièrement en annonçant à sa
mère qu'il allait poursuivre ses recherches avec acharnement.
Il allait en effet étudier quelques rues à la fin de la journée,
pour les bien décrire le soir ; mais il passait la plus grande
partie de l'après-midi à la Bibliothèque ; *et il y étudiait la
guerre de Crimée.*

Pour savoir ce qu'il voulait, il n'aurait eu qu'à interroger sa
mère, qui devait évidemment se souvenir du nom de l'officier
qui était mort pour son frère, à l'attaque du Mamelon-Vert ;
mais il fallait agir avec une extrême prudence, éviter
d'éveiller les moindres soupçons... Il aurait pu aussi s'adresser
directement au ministère de la Guerre ; mais c'était confier
une partie de son secret à l'officier qui le renseignerait : cet
officier pourrait, par un de ces hasards si fréquents dans la vie,
connaître Brettecourt, lui parler de cette démarche... qui
paraîtrait étrange...

— J'ai tous les atouts dans mon jeu. Ne compromettons
rien par une imprudence inutile.

Et il cherchait ainsi, depuis quelques jours, avec un fiévreux acharnement, dans tous les documents de la guerre de
Crimée. Il n'avait d'abord consulté que les documents officiels, et les documents officiels ne renfermaient rien de
relatif à l'acte d'héroïsme qu'il recherchait. La mort du père
de Marie Renaud était comme perdue, au milieu de tant de
morts glorieuses. Il se rabattit alors sur les livres anecdo-
tiques, sur les correspondances de journaux ; et ce fut enfin
dans une de ces correspondances qu'il trouva le récit suivant :

« Nous avons encore à déplorer la mort d'un de nos plus
brillants officiers, le capitaine Renaud, du 4ᵉ chasseurs à pied.

Son bataillon avait été lancé à l'attaque du Mamelon-Vert. Déjà il touchait au but, quand les Russes firent une sortie pour arrêter sa marche. En quelques minutes, les deux troupes furent en face l'une de l'autre ; on se fusillait presque à bout portant. L'une des premières victimes parmi nos braves soldats fut l'officier qui portait le drapeau. Relevé aussitôt par le lieutenant de la compagnie, le drapeau était devenu l'objectif des Russes ; les balles pleuvaient sur le lieutenant. Il tomba à son tour ; et aussitôt un sergent, qui n'est autre que l'élégant marquis de Villepreux, bien connu sur le boulevard, et qui s'est engagé au début de la guerre, s'empara de l'étendard et le redressa en souriant joyeusement, comme s'il narguait l'ennemi. Les Russes se ruèrent sur lui avec une bravoure folle ; et il allait sans doute succomber à son tour, si le capitaine Renaud, courant à lui, ne lui avait fait un rempart de son corps. En ce moment, les Français reprirent vigoureusement l'offensive et repoussèrent les Russes. Malheureusement, le capitaine Renaud était mort en défendant son porte-drapeau... »

... et le redressa en souriant joyeusement comme s'il narguait l'ennemi. (Voir page 120.)

Honoré n'eut pas besoin d'en lire davantage. Il prononça froidement :

— *Marie Renaud!*... C'est bien... Voilà un nom que ni ma mère ni Florimont, ni Brettecourt ne connaîtront jamais !

Le soir, tandis que Guépin venait prendre ses derniers
ordres, il lui dit :

— Restez. Nous avons à causer.

Guépin eut un mauvais sourire. Puis il alla faire le tour de
l'appartement d'Honoré, ainsi que des pièces environnantes

— Mme Renaud ? demanda-t-il d'une voix légèrement émue. (Voir page 127.)

Quand il revint dans la chambre, Honoré avait aligné dix billets de mille francs sur sa table.

— Prenez, Guépin.

Le domestique les empocha joyeusement.

— Vous voyez que je tiens exactement mes promesses.

— Je n'en ai jamais douté, monsieur le marquis.

— Les bonnes comme les redoutables, poursuivit Honoré
très froidement. Si vous continuez de me bien servir et d'être

d'une discrétion absolue, à l'épreuve de tout, je vous paierai
bien. Mais, si vous veniez à me trahir, rappelez-vous que je
me débarrasserais aussi facilement de vous que d'un cheval
vicieux. J'ai vérifié tous les comptes de mon frère et j'y ai
trouvé la preuve que vous le voliez effrontément...

— Oh ! monsieur ! C'est que M. Jean était très généreux...

— Il y a une très grande différence, maître Guépin, entre
profiter de la générosité d'un bon maître et... *le voler*. Ce que
vous lui avez volé s'élève à peine à trois ou quatre billets de
mille francs ; mais cela est suffisant pour vous faire faire connaissance avec Mazas.

Guépin ne répondit pas ; il baissa la tête et regarda Honoré
en dessous. Celui-ci eut un sourire dédaigneux : il avait simplement voulu prouver à son complice qu'il était son maître.

— Voici ce que j'attends de vous, continua-t-il. Demain
vous vous arrangerez pour porter des effets bourgeois dans
une chambre quelconque, que vous louerez, sous un nom
quelconque. Une fois là, vous quitterez votre livrée. Maquillez-
vous vous-même un peu, qu'on ne puisse jamais retrouver
les traces de ce que vous aurez fait. Une fois débarrassé de
votre livrée, vous parcourrez le quartier Latin et vous y cher-
cherez un étudiant du nom de Jean Berthier. En cinq à six
jours, vous devez le trouver. Cet étudiant est absent de Paris ;
j'ai simplement besoin de savoir son adresse. Allez !

Honoré trouvait cette besogne trop basse, trop compromet-
tante pour lui.

— Faudra-t-il demander des renseignements sur ce Jean
Berthier ? interrogea Guépin.

— Pas le moindre ! Notez bien ceci, pas le moindre ! Tout
ce que vous pourriez demander ne ferait que diminuer les
chances de succès. Pas de zèle inutile !

Quatre jours plus tard, Guépin pénétrait vers minuit dans
la chambre de son maître. Il était triomphant. Honoré, qui
travaillait à ses comptes, lui demanda dédaigneusement :

— Vous avez trouvé ?

— Oui, monsieur.

— Alors, dites.

— M. Jean Berthier habitait boulevard Saint-Michel, 42.

— Habitait ?... Il n'y habite donc plus ?

— Non, monsieur.

— Vous avez fait fausse route, Guépin. Votre Jean Berthier n'est pas celui que je veux. Vous continuerez vos recherches.

— Pardon, monsieur, je ne crois pas avoir fait fausse route.

— Je vous dis que le Jean Berthier dont je parle doit toujours habiter au même endroit.

— S'il n'y habite plus, monsieur,... c'est qu'il est mort.

— Mort ! s'écria Honoré, blêmissant.

— Oui, monsieur, et nous avons tous les deux suivi son enterrement il y a trois semaines.

Honoré fronça les sourcils.

— Guépin, vous m'avez désobéi ; vous avez outrepassé mes ordres.

— Mon Dieu ! monsieur, dit tranquillement le valet de chambre, je vous avouerai franchement que j'en avais un peu l'intention ; mais je n'ai pas eu cette peine. J'ai seulement eu affaire à un garçon d'hôtel bavard et qui m'a dit tout ce que je pouvais avoir envie d'apprendre, sans que j'aie eu à lui poser la moindre question... tout, monsieur le marquis !

XII

UN FRÈRE GÉNÉREUX

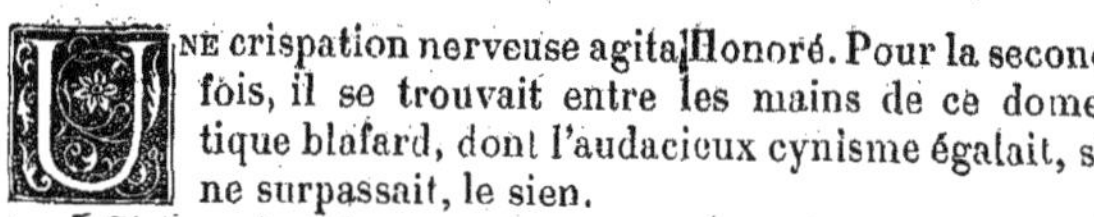

UNE crispation nerveuse agita Honoré. Pour la seconde fois, il se trouvait entre les mains de ce domestique blafard, dont l'audacieux cynisme égalait, s'il ne surpassait, le sien.

— Si monsieur le marquis n'a pas d'intérêt à connaître ce que j'ai appris, poursuivait Guépin avec une ironie imperturbable, madame la marquise sera, je pense, fort heureuse de l'entendre... Je crois même qu'elle me récompenserait si généreusement que je pourrais finir très honnêtement mes jours...

— Taisez-vous donc, Guépin! interrompit brusquement Honoré, vous savez que, si je récompense bien les services rendus, je ne crains pas le chantage!

— Oh! le vilain mot, monsieur le marquis!... Mais aussi, on ne menace pas un homme comme moi avec de vieux comptes... J'espère que monsieur le marquis les brûlera?

— Soit! Je vous le promets...

— Et me rendra toute sa confiance ?

— Cela dépendra.

— Permettez-moi de vous parler avec respect, monsieur, mais très franchement. — Quand je suis entré dans cette maison, attaché à M. Jean de Villepreux, j'ai bien vite deviné qu'il n'y avait rien à faire auprès de lui...

— Qu'augmenter un peu vos gages, par des moyens...

— Dangereux, monsieur le marquis, je le reconnais. Mais j'espérais être attaché un jour à vous, que j'estimais bien autrement que votre frère, devenir non pas votre valet de chambre, mais votre homme de confiance...

— Mon... intendant, peut-être ? fit Honoré dédaigneux.

— J'avoue que c'est mon ambition. Si vous la réalisez, monsieur, je ne vous volerai pas. Vous me payerez bien, j'en suis certain, et je ne veux pas autre chose. Et je vous affirme que je vous servirai bien.

— Nous verrons !... Maintenant, veuillez continuer votre récit.

Honoré cédait, tout en gardant ses allures de maître.

— M. Jean Berthier, reprit Guépin ironiquement, avait donc loué une chambre dans une maison meublée du boulevard Saint-Michel ; mais je n'ai pas besoin de vous dire qu'il n'y venait que très rarement. Quant à la... jeune fille, elle n'y est venue que deux fois : la première, à un rendez-vous donné par son amant, il y a environ un mois et demi ; la seconde... il y a seulement quelques jours...

Honoré tressaillit.

— Cette fois, continua Guépin, ce n'était pas à un rendez-vous, et pour une bonne raison. Je n'insisterai pas sur les détails que m'a donnés le garçon de l'hôtel, et qu'il m'a donnés tout bêtement, sans même se douter que cela m'intéressât si vivement. Monsieur peut être tranquille : je n'ai pas commis la moindre imprudence. Cette jeune fille croyait que

Jean Berthier habitait réellement là; elle a interrogé le garçon, a compris qu'on l'avait trompée; elle a été assez énergique pour retenir ses larmes jusqu'au moment où elle est remontée en voiture; mais elle n'a pas eu la force de donner elle-même son adresse au cocher; elle a dû la dire au garçon de l'hôtel, qui l'a répétée au cocher...

— Et cette adresse? interrogea fébrilement Honoré.

— Place des Vosges, monsieur le marquis.

— C'est bien le quartier, murmura Honoré.

Il réfléchit assez longuement; puis :

— Est-ce tout ce que vous avez découvert ?

— Non, monsieur, j'ai pris la liberté de pousser plus loin mes investigations. La place des Vosges n'est pas si grande qu'on ne puisse l'explorer en une heure. M. de Brettecourt et M. Florimont parlent toujours si haut que je n'ai pas eu beaucoup de peine à apprendre que la jeune fille que nous cherchons est ouvrière en lingerie et habite avec sa grand'mère...

— C'est exact. Après?

— Il y a plusieurs ouvrières qui habitent place des Vosges, dans les combles de ces vieux hôtels. J'en ai même trouvé deux, habitant l'une et l'autre avec leur grand'mère; mais il n'y en a qu'une qui soit ouvrière en lingerie.. Que monsieur n'ait pas la moindre crainte ! Je sais faire bavarder les gens sans jamais me compromettre...

Il prenait plaisir à prolonger son récit, il buvait l'anxiété peinte sur le visage d'Honoré.

— Et je sais son nom. Si ce nom coïncide avec celui que monsieur le marquis ne peut manquer d'avoir découvert dans ses recherches à la Bibliothèque...

— Achevez donc, sacrebleu ! maître Guépin...

— Cette jeune fille s'appelle Marie Renaud ! Elle était courtisée par un jeune homme qui a disparu depuis quelques semaines... tout d'un coup... et qui, depuis, n'a jamais donné de ses nouvelles. La jeune fille et sa grand'mère sont plongées dans un abominable désespoir... Maintenant, monsieur, c'est bien tout ce que je sais.

— Bien, Guépin. Retirez-vous; nous recauserons de tout cela. Et comptez sur moi, désormais. Vous êtes un fidèle serviteur.

Et lui-même se coucha aussitôt; il ne voulait plus réfléchir à rien. Il avait besoin d'un bon repos avant d'engager la dernière bataille.

Le lendemain, de très bonne heure, il faisait faire chez un papetier d'un quartier excentrique des cartes au nom de JEAN BERTHIER. Sur l'une d'elles, il écrivit ces mots, en se rapprochant autant que possible de l'écriture de son frère :

« Prière de remettre à la personne qui vous portera ce mot les livres et objets que j'ai laissés dans la chambre que j'avais louée boulevard Saint-Michel, numéro 42. Cette personne réglera en même temps ce que je puis devoir encore pour la location. »

Muni de ce mot, Honoré se présenta tranquillement à l'hôtel du boulevard Saint-Michel. Le propriétaire trouva la chose fort naturelle; et Honoré put enlever, sans la moindre difficulté, tout ce que renfermait la chambre de son frère; le propriétaire profita seulement de la circonstance pour s'embrouiller dans ses comptes et demander un mois de plus qu'il ne lui était dû. Honoré paya sans vérifier. Pendant les quelques minutes que dura cette négociation, il eut soin de se tenir à contre-jour. Et d'ailleurs le propriétaire était plus attentif à compter son argent qu'à examiner le visage de son interlocuteur.

— Et si l'on demandait encore M. Jean Berthier, interrogea le propriétaire, que faudrait-il répondre?

— Rien.

— Compris, monsieur.

— D'ailleurs, il est peu probable que le cas se présente.

— Mais... la jeune personne?

— Elle est avertie.

Honoré, revenu chez lui, feuilleta soigneusement les quelques livres de droit que son frère avait achetés pour donner à sa chambre une allure de chambre d'étudiant. Sous la couverture de l'un d'eux, il trouva trois lettres de Marie, trois lettres pleines de l'amour le plus tendre, le plus exquis. Jean les avait laissées là parce qu'il croyait avoir moins d'indiscrétions à redouter dans cette petite chambre que dans son hôtel. Honoré les lut rapidement, haussa les épaules.

— Et dire que mon imbécile de frère se laissait prendre à cette littérature de grisette !

Puis il brûla les trois lettres en s'écriant :

— A nous deux, maintenant, mademoiselle Renaud !

L'après-midi, il se rendait à la place des Vosges; et il se promena très longtemps sous les arcades et dans le jardin. Il hésitait, non pas qu'il reculât devant l'infamie de l'action qu'il allait commettre; il hésitait... tout bonnement sur le genre de mensonge qu'il débiterait. Il avait préparé deux sortes de comédie. Laquelle réussirait le mieux ?

— Mais bah! fit-il, je ne pourrai décider ce que je dois lui dire que lorsque je l'aurai vue : ne change-t-on pas toujours ses plans au moment de l'action ?

Ce fut sur cette phrase qu'après bien des tergiversations, il se décida enfin à pénétrer dans la maison de Marie Renaud.

Arrivé au quatrième étage, il eut un dernier trouble, avant de frapper à la porte, ce trouble du duelliste qui voit le terrain où il va tuer ou être tué. Il frappa. La grand'mère vint ouvrir.

— Madame Renaud? demanda-t-il d'une voix légèrement émue.

— C'est bien ici, monsieur.

Il s'avança et aperçut Marie, qui travaillait à sa table et qui n'avait pas encore levé la tête. Il la jugea aussitôt; noble et fière, intelligente, redoutable adversaire. Il ne devait pas avouer la mort de Jean : elle demanderait à aller prier sur sa tombe... Et alors, tout serait perdu.

Il la salua gravement.

— Mademoiselle Marie, je pense?

Elle se dressa brusquement, et elle crut comprendre : cet homme en deuil ressemblait à son bien-aimé...

— Jean est mort! s'écria-t-elle d'une voix poignante.

— Non, mademoiselle... Si vous me voyez en deuil... c'est que... c'est que nous avons perdu notre mère!

— Pauvre Jean! mon pauvre Jean! murmura la jeune fille en éclatant en sanglots.

Dans son adorable bonté, elle ne songeait d'abord qu'à lui. Elle retomba sur sa chaise, pleurant lamentablement, le visage dans les mains. Honoré l'étudiait avec acuité et comprenait enfin la passion de son frère.

La grand'mère était demeurée à quelques pas, comme sur la défensive. Les traits d'Honoré lui avaient produit une désastreuse impression. Et elle ne devinait que trop ce que le cadet venait faire chez elles, puisque l'aîné n'avait pas osé venir. Cependant, Marie s'était dominée. Et ses nerfs se détendaient un peu : elle allait avoir des nouvelles de Jean ! Elle montra un siège à Honoré.

— Si vous venez ici, monsieur, prononça-t-elle avec une réelle noblesse, c'est que vous connaissez l'amour qui m'unit à votre frère...

— Oui, mademoiselle. — Je n'ignore rien — il appuya sur le mot — rien de ce qui s'est passé entre vous ; et c'est ce qui rend bien pénible la mission dont il m'a chargé.

Il procédait par coups brutaux, recourant à la plus abominable ruse : une invention diabolique dont l'effet devait être d'autant plus sûr qu'il allait s'adresser aux sentiments les plus généreux de la jeune fille.

— De votre côté, mademoiselle, vous n'ignorez pas le profond respect dont mon frère et moi entourions notre mère...

— Tout vos préambules sont inutiles, dit Marie avec beaucoup de hauteur. Parlez franchement ! J'ai hâte de savoir le sort qui m'est réservé. Pourquoi mon fiancé n'est-il pas venu lui-même ? Pourquoi ne m'a-t-il pas écrit ?...

— Parce que ce nom de fiancé... vous n'avez plus le droit de le lui donner, mademoiselle ! Mon frère...

Il fut violemment interrompu par maman Renaud :

— Votre frère est un lâche !...

— Grand'mère, je te prie de dominer ta colère. Permets-moi de répondre seule à M. Berthier, puisqu'il ne s'agit que de moi. Veuillez vous expliquer, monsieur, et ne craignez pas de le faire catégoriquement !

— Mademoiselle, mon frère avait prévenu notre mère de ses intentions à votre égard ; mais elle y était formellement opposée. Et, à son lit de mort, elle lui a fait jurer solennellement non seulement qu'il ne vous épouserait pas, mais qu'il épouserait une jeune fille que, depuis bien des années, elle lui destinait. Mon frère a obéi, en fils respectueux ; et, devant le lit de sa mère mourante, il a engagé sa foi à cette jeune fille.

— Il n'en avait pas le droit, puisqu'il me l'avait engagée, à moi ; mais... continuez !

— Mon frère vous aimait : il est abominablement malheureux ; cependant, il ne vous reverra jamais, jamais !

Marie eut un imperceptible tremblement des lèvres ; puis elle dit simplement :

— Après, monsieur?

— Il m'a chargé d'implorer auprès de vous son pardon...

— Vraiment?

— Et de réparer, dans la mesure du possible, le mal qu'il vous a fait.

— Le mal qu'il m'a fait est irréparable, il m'accompagnera toute ma vie.

— Mais il peut être adouci, mademoiselle : vous serez mère, vous aurez le bonheur dans votre enfant...

Marie eut un regard de suprême dédain :

— Je devrais vous interdire, monsieur, de parler d'un enfant que vous contribuez à chasser de sa famille !

— Je vous en supplie, mademoiselle, demeurons calmes. Vous serez bientôt mère, et vous verrez alors à quel point la femme doit s'effacer devant la mère...

— De telles paroles me surprennent, monsieur, dans votre bouche !

Honoré reçut tranquillement l'apostrophe; il sentait la victoire. Il prit une enveloppe assez volumineuse dans sa poche et la déposa sur la table.

— Mon frère est riche; il possède environ deux cent mille francs. En voici cinquante mille, c'est tout ce que nos règlements de famille lui ont permis de réunir en quelques jours.

Marie ne sourcilla pas, ne regarda même pas l'enveloppe.

Honoré continuait :

— Dans quelques jours, il vous fera parvenir une somme égale : il vous donne la moitié de sa fortune. Et, pour lever les scrupules, qu'une aussi noble jeune fille que vous pourrait avoir à cet égard, j'ajouterai que c'est avec le consentement formel de sa future femme qu'il vous fait cette donation.

Marie se rejeta en arrière, comme si on venait de la souffleter.

— Est-ce tout ce que vous avez à me dire de la part de votre frère ?

— Non, mademoiselle; il est forcé de mettre à cette donation deux conditions: c'est que vous n'essayerez jamais de le revoir et que vous quitterez immédiatement Paris.

Honoré se tut. Marie s'était levée, toute blême... et si majestueuse dans son indignation qu'Honoré trembla.

— Une simple question, dit-elle. Cette enveloppe... renferme-t-elle autre chose que de l'argent... une lettre, un mot d'adieu ?

— Non, mademoiselle.

— Alors, reprenez-la ! Je n'en veux pas...

— Mademoiselle, de grâce, n'obéissez pas à la colère... Au nom de votre enfant... Vous vous repentirez plus tard !

— Il n'y aucune colère en moi, monsieur ! Je ne veux pas de cet argent, voilà tout ! Ma grand'mère, qui m'a élevée, m'a appris à ne jamais recevoir d'aumône... Mais reprenez donc cet argent, vous dis-je, si vous ne voulez pas que je vous le jette au visage, puisque je n'ai plus personne au monde pour me défendre, pour vous souffleter, vous et votre frère !

En même temps, elle saisit Honoré par le bras et le força à ramasser son enveloppe.

— Et maintenant, puisque je ne dois plus revoir votre honnête homme de frère, écoutez bien ce que vous aurez à lui dire en mon nom ! — J'ai eu, grâce à lui, quelques mois du bonheur le plus pur que puisse rêver une femme ! Je l'ai aimé follement, j'étais à lui, je le respectais, j'aurais été sa servante, je l'adorais comme le bon Dieu ! Et j'aimerai toujours le bien-aimé que j'ai connu ! Quant à ce nouveau Jean Berthier que vous venez de me faire connaître, à ce lâche, cet hypocrite, ce menteur... je ne lui ferai même pas l'honneur de le haïr : je le méprise, voilà tout ! Et je l'excuse ! Il veut son pardon, je le lui donne...

— Tais-toi ! tais-toi ! s'écria maman Renaud, un tel lâche ne mérite que notre malédiction !

— Non, grand'mère, dit Marie, avec une sérénité grandiose, je lui pardonne, et tu lui pardonnes comme moi ! Il n'est pas le vrai coupable. Le vrai coupable, c'est cet homme que tu vois devant toi. Jamais Jean ne nous avait parlé de son frère ; c'est qu'il le jugeait indigne de lui. Celui que je maudis, monsieur, c'est vous, le mauvais frère, l'homme dont les détestables conseils m'ont changé mon bien-aimé, l'homme qui n'a pas craint de se charger d'une aussi honteuse mission ! Mon cœur a deviné qui vous étiez, dès que je vous ai vu. Oui, soyez maudit à jamais ! Quant à votre frère, j'oublie en cette minute le mal qu'il m'a fait. Je veux aimer toute ma vie le père de mon enfant! Je veux même qu'il soit heureux dans son union avec cette jeune fille, qui ne craint pas de me prendre ma place! Je ne veux pas que des remords troublent sa joie quand il la conduira à l'autel! Je lui rends sa parole. Jean Berthier n'est plus tenu à rien envers moi. Qu'il soit heureux loin de moi! Désormais, il est mort pour moi.

La loyauté a tant de puissance qu'Honoré courba la tête. Et ce fut bien timidement qu'il proposa:

— Mademoiselle, je vous en supplie, gardez cet argent, placez-le jusqu'à la majorité de votre enfant; votre enfant jugera alors s'il doit le refuser ou l'accepter...

Marie le chassa violemment:

— Partez, monsieur, partez! Ah! vous êtes bien tel que je vous ai deviné, vous qui ne savez parler que d'argent, quand il s'agit d'affection et d'honneur! Je ne voulais de Jean que son nom, que j'aurais été si fière de porter, son amour qu'il m'avait donné. Il me retire cela, je ne veux plus rien de lui. Mais rassurez-le bien: il n'aura jamais rien à craindre de moi. Je me considère comme sa femme, et je lui obéis. Dès demain, je prendrai mes dispositions pour quitter Paris; je n'y reviendrai que lorsque mon enfant sera né. Jean pourra, sans aucune appréhension, venir faire son voyage de noces à Paris: il n'aura pas à redouter de trouver en face de lui, lorsqu'il se promènera au bras de sa femme, la pauvre mère séduite et abandonnée par lui... C'est, je pense, ce qui lui faisait peur, ainsi qu'à vous? Et c'est pour cela que vous vouliez m'éloigner à tout prix de ce Paris... que votre frère habite même, peut-être? Car ce domicile qu'il s'était donné au quartier Latin, c'était encore une tromperie... Adieu, monsieur! Dites bien à votre frère qu'il me connaissait bien mal s'il a eu la crainte d'un scandale venant de moi... Je vais aller me cacher bien loin; et nous ne rentrerons à Paris, ma pauvre grand'mère et moi, que lorsque nous serons habituées à ma honte... Adieu!

Honoré se reculait, humble, tremblant, écrasé par tant de noblesse. Quand il se trouva dans l'escalier, il fut secoué d'un grand frisson et murmura en lui-même:

— Quelle fière marquise de Villepreux elle aurait fait!

Mais reprenez donc cet argent, vous dis-je, si vous ne voulez pas que je vous le jette au visage ! (Voir page 130.)

XIII

LE TRIOMPHE
DU MAL

Mais le marquis avait à peine disparu que Marie tombait, toute raide, sur le parquet. Sa grand'mère n'eut pas une minute de faiblesse ; elle était si bien habituée au malheur ! Elle prit son enfant dans ses bras et eut la force de la porter jusque sur son lit.

Et, tandis qu'elle la dégrafait, qu'elle lui mouillait les tempes avec un peu d'eau de Cologne, qu'elle la ramenait à la vie, un sentiment presque égoïste se faisait jour en elle : elle reprenait possession de son enfant, de sa chérie, à qui elle n'avait même pas eu la pensée de reprocher sa faute, tellement elle la croyait innocente. Ce rêve d'amour, dont elle avait joui autant que sa petite-fille en la voyant heureuse, ce rêve était fini ! Elles redevenaient deux pauvres femmes,

seules en ce monde, abandonnées ; et, désormais, elles s'aime-
raient jalousement, elles ne feraient plus qu'un, comme jadis,

En ce moment, un individu qui se promenait sous les arcades en fumant
un gros cigare, prononça gouailleusement : Ça y est ! (Voir page 136.)

mais avec un nouveau lien entre elles : l'enfant qui allait
naître.

Quand Marie rouvrit les yeux, elle les fixa sur sa grand'mère
avec une reconnaissance infinie et murmura :

— Pauvre maman Renaud ! Je suis bien coupable : j'aurai
empoisonné ta vieillesse...

Coupable! Elle? Son enfant adorée qu'elle était prête à servir à genoux?

— Mais, chérie, je t'aimerais encore davantage si cela était possible!...

— Maman! maman! fit la jeune fille en étendant ses bras. Viens!

Elle la serra contre elle; et elles pleurèrent ensemble.

— Maman, balbutiait Marie, à partir d'aujourd'hui, je ne veux plus être qu'une toute petite fille... Je t'obéirai en tout... Tu ordonneras... Règle notre vie, pourvu que nous partions bien vite, que je ne revoie plus ni ce méchant frère, ni Jean s'il essayait de venir... Allons-nous-en!... Et bien loin!... Je serais toujours tentée de repasser devant ce petit logement où nous avons été si heureuses!

Et maman Renaud approuvait. Certes, oui, il fallait partir, quitter cette maison où la situation de son enfant causerait un scandale.

Le soir même, le congé était donné. Le propriétaire l'accepta sans regret : il déclara à la pauvre femme que pendant long-temps il n'avait eu qu'à se féliciter de les avoir pour loca-taires, mais que, depuis quelques mois, on avait remarqué des allées et venues d'amoureux, qui ne lui convenaient qu'à moitié. Maman Renaud ne répondit point. A quoi bon discu-ter, défendre la réputation de sa fille? Est-ce qu'on les rever-rait jamais?

— Où irons-nous, maman Renaud?
— Tu verras, tu verras.

Elle songeait à la bien gâter, à lui faire la surprise d'un joli pays, où la température est douce, même l'hiver, un coin de verdure dont elle avait gardé de délicieux souvenirs d'enfance, au bord de la mer. Mais c'était loin, il fallait de l'argent ; et elles n'en avaient guère.

— Je mentirai pour en avoir. Il n'y a plus que des men-teurs en ce monde, j'ai bien le droit de mentir pour le bon-heur de ma fille.

Et elle alla chez Mme Welher rapporter les derniers travaux de Marie.

— Marie n'est pas malade, j'espère ? demanda la lingère.
— Non; mais elle a été forcée de quitter Paris : nous

avons une vieille parente qui se meurt en province ; il y a un petit héritage à recueillir. Et Marie ne rentrera à Paris que lorsque tout sera fini.

— Ah ! que c'est fâcheux ! s'écria Mme Welher. Moi qui avais de grosses commandes à lui donner !

— Elle vous fera l'ouvrage en province, répliqua tranquillement maman Renaud.

Elle mentait très bravement, mais en était bien honteuse au fond.

— C'est que, dit Mme Welher, cela marchait vite quand vous étiez toutes deux. N'irez-vous pas la rejoindre ?

— J'irais bien, madame ; mais j'ai quelques dettes dans mon quartier, un terme en retard. Il me faudrait un billet de cinq cents francs pour pouvoir quitter Paris.

— Eh ! je vous l'avancerai, parbleu ! s'écria Mme Welher, qui était une femme toute ronde en affaires. Mais que Marie m'écrive ! Je l'aime beaucoup, cette enfant, déclara la fabricante de lingerie. Et qu'elle ne se fatigue pas trop, auprès de sa vieille parente !... Vous l'embrasserez pour moi... Ah ! qu'elle fasse bien attention aux deux robes de baptême, aux entre-deux en point d'Angleterre !...

Maman Renaud riait en dessous. Son mensonge avait si bien réussi qu'elle n'en avait plus honte ; et puis, se disait-elle, on avouerait plus tard la vérité à cette bonne Mme Welher.

Et pendant quelques jours, elle travailla avec une fébrile activité, la vieille grand'mère, empêchant Marie de l'aider.

— Toi, tu n'as plus qu'à te reposer, disait-elle.

Leurs modestes meubles furent bientôt emballés ; elle les envoya à la gare et les expédia par petite vitesse.

— Où, maman Renaud ?

— Tu verras. Tu es une petite fille : tu n'as pas de questions à me poser.

Et elles partirent le surlendemain sans laisser aucune adresse à la concierge. Quand la voiture qui les emportait arriva au coin de la rue de Birague, Marie fit arrêter. Elle se pencha quelques instants à la portière et contempla les fenêtres de leur logement, celle surtout contre laquelle se trouvait sa table de travail : c'était de là qu'elle apercevait Jean traversant la place des Vosges... Deux grosses larmes roulèrent sur ses joues. Puis elle dit très courageusement :

— Partons, maman Renaud !

En ce moment, un individu, qui se promenait sous les
arcades en fumant un gros cigare, prononça gouailleusement :

— Ça y est !

Et Guépin, car c'était le misérable, sauta dans une voiture, pour les suivre, tout en tirant joyeusement des bouffées
de son cigare. Et il s'écriait :

— Filées !... comme de grandes bécasses !... Ah ! si ç'avait
été d'autres femmes, des femmes à comprendre mes conseils,
quel coup j'aurais monté ! Mais des femmes d'honneur ! Il
n'y avait rien à faire avec elles...

Le soir, il annonçait la nouvelle en ces termes à son maître :

— Monsieur le marquis a rudement bien joué : la partie est
gagnée.

— Envolées ?

— Oui, monsieur... par la gare d'Orléans...

— Mais... pour quel pays ?

— Ça, monsieur, je n'ai pas pu le découvrir : j'ai bien été
jusqu'à la gare ; mais il y avait tant de foule au guichet, que
je n'ai rien entendu lorsque la vieille a demandé les billets.
Seulement, d'après la somme que je lui vu aligner, ce doit
être à l'autre bout de la France.

— Peu importe, après tout, pourvu que je sois débarrassé
d'elles.

*
* *

Dès lors, les jours succédèrent aux jours, les semaines aux
semaines, sans rien amener de nouveau dans l'hôtel Villepreux.
L'insuccès absolu des recherches faites jusqu'alors n'avait
diminué en rien les espérances de la marquise et de Juliette.
Elles travaillaient toujours à la layette de cet enfant qu'elles
aimaient d'avance. Tout était prêt pour le recevoir, ainsi que
sa mère.

Le bruit s'était répandu dans le Faubourg que la marquise
recherchait une maîtresse de son fils et s'apprêtait à l'accueillir
comme la veuve légitime de ce fils. Quelques vieilles amies
étaient venues la voir, et ne lui avaient pas caché que sa conduite était trouvée folle, absurde, extravagante... Elle répondait avec une inaltérable tranquillité :

— Je fais ce que bon me semble... Les personnes qui désapprouveront ma conduite n'auront qu'à ne plus se présenter chez moi.

Par exemple, on comprenait bien l'acharnement que mettait Brettecourt à ses recherches. Tout les membres du cercle de l'Union s'y intéressaient; et Vauchelles accompagnait souvent le malheureux Henri dans ses laborieuses et patientes courses à travers les plus vastes quartiers de Paris.

Florimont avait terminé l'exploration des arrondissements que lui avait confiés Honoré. Et, comme il n'avait rien trouvé, il disait :

— Nous devons attendre la date que j'ai fixée pour la naissance de l'enfant.

Honoré continuait sa comédie. Il semblait le plus fiévreux, à présent, le plus acharné ; il remontait le courage de sa mère, quand l'éternelle réponse qu'elle recevait chaque jour: « Rien ! toujours rien ! » paraissait l'abattre.

Plus de quatre mois s'étaient écoulés depuis la mort du marquis de Villepreux. On touchait à la fin du mois d'août. Malgré les chaleurs, la marquise n'avait pas quitté Paris un seul jour, et Juliette avait refusé d'aller se reposer un peu à la campagne.

Le jour vint où Brettecourt, désespéré, anéanti, fut obligé d'avouer sa défaite. Il avait accompli sa mission avec un courage inouï, ne se rebutant jamais, recommençant tous les matins ses recherches avec une énergie nouvelle.

Honoré annonça que, de son côté, il était à bout d'efforts.

— Nous n'avons plus qu'à attendre la fin du mois de septembre, répéta Florimont. Et, pour cela, je prierai monsieur le marquis de me laisser la direction de nos recherches. Tout enfant venant au monde doit être déclaré, à la mairie de l'arrondissement où il est né, dans les trois jours qui suivent sa naissance. J'obtiendrai facilement que la liste des naissances me soit communiquée, jour par jour; nous y prendrons les noms de tous les enfants naturels déclarés de « père inconnu ». Et alors, nous serons absolument certains du succès : parmi ces enfants, nous trouverons immanquablement celui du marquis Jean de Villepreux.

Tout le mois de septembre s'écoula. Le mois d'octobre commençait. La marquise était maintenant dans un état d'énervement qui causait à Juliette les plus grandes appréhensions. Chaque jour Honoré partait de bonne heure. Accompagné par Florimont et par Brettecourt, il accomplissait avec un sang-froid imperturbable ce nouveau genre de recherches. Et le soir, sa mère n'avait pas la patience d'attendre qu'il se rendît auprès d'elle ; elle courait au-devant de lui dès qu'elle entendait le bruit de sa voiture. Elle l'interrogeait du regard avant même qu'il eût atteint le perron de l'hôtel ; et son allure désolée répondait régulièrement que, ce jour-là encore, les recherches avaient été vaines. Et quinze jours s'écoulèrent dans cette dernière attente. La date fixée par Florimont était largement dépassée... Les trois hommes n'espéraient plus... Ils ne continuaient leurs démarches que par pitié pour la marquise.

Enfin, un soir, quand elle vit encore son fils revenir sans nouvelles, elle tomba sur le perron, brisée, vaincue.

Le lendemain elle fit prier Brettecourt et Florimont de se rendre chez elle. Elle les reçut un peu solennellement, dans son grand salon. Honoré, pâle, très froid, était à sa droite ; et, à sa gauche, se tenait Juliette, le visage meurtri par les pleurs.

— Messieurs, dit la marquise, j'ai voulu vous remercier, une dernière fois, du dévouement si entier, si absolu que vous avez montré envers nous. Si vous n'avez pas réussi, c'est que la victoire étant impossible. Résignons-nous ! Inclinons-nous devant la volonté de Dieu ; nous ne devons plus espérer qu'en lui.

— Ah ! s'écria Brettecourt, faisons une dernière tentative ! Encore quelques jours...

— Non, non, Henri, tout serait désormais inutile ! Je ne veux pas accepter un plus long sacrifice ni de vous ni de Florimont. Mon cher Florimont, vous avez acquis une grande place dans mon cœur, je vous garderai à jamais une reconnaissance infinie de ce que vous avez fait ; car vous avez sacrifié à ma famille le bonheur, la tranquillité de votre première année de mariage : je vous demande l'honneur d'être la marraine de votre premier enfant. Quant à vous, Henri, rejoignez votre régiment ! Calmez votre désespoir, n'exposez pas follement votre vie... Vous aurez une noble et belle carrière,

et je saurai m'en réjouir... comme s'en serait réjoui mon
fils bien-aimé. Adieu, mes braves amis, adieu !

Elle leur tendit ses mains. Brettecourt se mit à genoux
devant elle et murmura :

— Merci, merci !... En quelque jour, en quelque lieu que
vous ayez besoin de moi, ma vie est à vous !

Florimont balbutia quelques mots sur l'honneur que lui
faisait le marquise. Déjà Honoré les reconduisait. Malgré la
parfaite réussite de sa trahison, il ne pouvait se défendre
d'un instinctif sentiment de terreur, chaque fois qu'il se trouvait en face de Brettecourt ; et il respira plus tranquillement
quand l'officier se fut enfin éloigné avec le notaire; et il
l'accompagna de ce souhait:

— Va donc te faire casser la tête chez les Kabyles !

Puis, il s'occupa des préparatifs de voyage: sa mère voulait se rendre à Angoville et y porter éternellement le deuil de
son fils.

A la fin d'octobre, la marquise, Juliette et Honoré étaient
installés dans la vieillé demeure des Villepreux, pour y passer
l'hiver. Tous les jours, la marquise, au bras de Juliette,
parcourait le pays, retrouvant partout des souvenirs de son
fils, souvenirs d'enfant, souvenirs de jeune homme...

— Que de fois nous nous sommes assis sur ce banc, sur
cette pierre, sous ces arbres ! disait-elle à Juliette. Il était doux,
bon ; j'aimais en lui mon fils et son père... Mais je suis cruelle
de te répéter tout cela !

— Non, mère, non ! C'est si bon de parler de lui !

Et souvent, c'était Juliette qui proposait ces buts de promenade, auxquels elles allaient comme à de pieux pèlerinages.

Quant à Honoré, il se mettait au courant de l'exploitation
des fermes, de même qu'il s'était mis à Paris au courant de
leur fortune mobilière. Il projetait des changements, songeait déjà à renvoyer de vieux serviteurs, de vieux fermiers
qui l'agaçaient en lui parlant de son frère... mais plus tard,
lorsqu'il ne craindrait plus de choquer sa mère. En ce
moment, il était d'une douceur, d'une bonté parfaites. Il
copiait son frère. Et non seulement envers sa mère, mais
envers Juliette. Il déployait vis-à-vis de la jeune fille l'habileté
la plus consommée, lui répétant à tous propos :

— Que deviendrait ma mère, si vous la quittiez?

— Juliette, dit un jour la douairière, je suis égoïste de te garder dans les larmes et le deuil. L'hiver prochain, nous reviendrons à Paris: mes amies te conduiront dans le monde... Tu te marieras... Et je reviendrai ensuite ici vivre avec ma douleur...

— Mère, ne me parlez pas de vous quitter jamais, jamais...

— Tu ne peux cependant pas rester vieille fille!

— Ne puis-je demeurer toujours auprès de vous... et ne pas rester vieille fille? murmura tendrement Juliette.

La marquise tressaillit; et attirant Juliette sur son sein:

— Tu aimerais Honoré?

Juliette rougit et balbutia :

— Je ne l'aime peut-être pas comme j'aurais aimé son frère... Jamais je n'aurai pour un autre homme l'amour presque divin que j'avais voué à Jean; mais j'aime Honoré de la plus tendre affection, et il est votre fils!

— Ma fille! ma fille! balbutia la marquise. Que tu es bonne! Oui, tu aimeras Honoré, et tu vaincras à jamais ce qu'il y avait de mauvais dans sa nature. D'ailleurs, il a tant changé depuis la mort de son frère! C'est peut-être à toi que je dois cela... Mais lui, lui... t'aime-t-il?

— Je l'ignore, mère. Nous n'avons jamais échangé que des paroles qu'auraient pu se dire un frère et une sœur.

La marquise lutta toute une semaine contre son cœur; elle se disait sans cesse : « N'ai-je pas tort de céder à l'égoïste amour que j'éprouve pour Juliette?... Il me semble que je ne pourrais plus vivre sans elle... Mais Honoré est-il digne d'elle ? »

Elle se décida enfin à dévoiler à son fils les pensées de la jeune fille. Honoré joua très bien l'attendrissement :

— Jamais, dit-il, je n'aurais osé, ma mère, vous demander la main de Juliette : je sens que je suis si indigne de cette adorable enfant! Mais, si vous voulez me la donner, ma mère, je l'aimerai toute ma vie à genoux !

La marquise ne résista plus. Elle dit à Juliette :

— Je te donne mon fils.

Et à Honoré :

— Je te donne une enfant que j'aime aujourd'hui comme si elle était réellement ma fille.

Et, les serrant tous les deux sur sa poitrine, elle ajouta :

— Aimez-vous bien tous les deux, pour l'amour de celui
qui n'est plus !

*
* *

Tandis que ces mélancoliques fiançailles mettaient un peu
de baume au cœur de la pauvre mère... il y avait, à l'autre

Tous les jours, la marquise, au bras de Juliette, parcourait le pays.
(Voir page 139.)

bout de la France, deux simples femmes, frappées par le
même malheur et que l'espoir de l'avenir consolait aussi.

Les habitants du joli village de Banyuls avaient vu arriver
ces deux femmes, une vieille et une toute jeune, plusieurs
mois auparavant.

D'où venaient-elles? On ne l'avait su que par les étiquettes collées sur leurs bagages ; car elles n'avaient raconté leur histoire à personne. Elles venaient de Paris.

Elles étaient très tristes; et, sans avoir de questions à poser, les habitants de Banyuls connurent facilement le motif de leur tristesse: la jeune femme allait bientôt être mère; il n'y avait pas d'époux auprès d'elle; elle ne portait pas le voile des veuves... Il n'était que trop aisé de deviner qu'elle avait été séduite et abandonnée.

Les deux femmes louèrent une toute petite maison, dont l'installation fut vite faite; et, dès le lendemain, on les vit, par une fenêtre, devant une table chargée de lingerie. Elles travaillaient, très courageusement, presque sans mot dire. Et, toutes les semaines, elles envoyaient leur travail à Paris. De même, chaque semaine, on leur expédiait leur besogne.

Des dames, s'étant aperçu que les objets qu'elles confectionnaient étaient fins et jolis, vinrent leur offrir de leur en acheter. La vieille répondit qu'elle n'avait rien à vendre. Mais, dans la visite qu'on leur fit, on vit une layette étendue bien en ordre sur le lit de la jeune femme. Et, selon l'expression des dames qui purent l'examiner, cette layette était une merveille, comme si elle avait dû servir à un petit prince.

L'enfant vint au monde à la fin du mois de septembre. Ce fut un garçon.

— Un rude gaillard! déclara le médecin qui le reçut à son entrée dans la vie.

Quand on demanda à la mère quel nom elle voulait lui donner, elle pleura un peu; puis, elle dit, avec une sorte d'extase dans les yeux :

— Jean!

— Et... le père ?

— Inconnu! répondit-elle très simplement.

Ce fut le seul moment où la vieille parut sombre; car, depuis la naissance de l'enfant, elle était tout heureuse, guillerette, rajeunie. Elle soignait le petit, disaient les voisines, et elle l'admirait comme un bon Dieu! La mère, qui avait semblé délicate, se releva bientôt, forte et fraîche. La maternité l'avait embellie. Et alors, chaque jour, les deux femmes allèrent se promener sur le bord de la mer bleue, se disputant la joie de porter l'enfant.

On ne remarquait plus de tristesse sur leur visage. La vieille chantait gaiement de vieux airs pour endormir l'enfant. Et la mère semblait si fière, si heureuse, qu'on se demandait si elle était réellement abandonnée et si bientôt le père n'apparaîtrait pas pour chercher sa femme et son fils. Un si bel enfant !

— Un enfant de l'amour ! s'écriait avec enthousiasme le médecin.

Les deux femmes se promenaient un jour, par un temps splendide, oubliant de regarder le superbe paysage qui les environnait. Un seul tableau les intéressait, celui de ce petit être qui dormait dans les bras de sa mère. Rien n'était beau pour elles que cet adoré, toute leur vie désormais.

Elles s'arrêtèrent parce qu'il s'éveillait et demandait le sein. La mère s'assit sous un oranger et nourrit son enfant. Et l'enfant, heureux, eut un sourire que guettaient les deux femmes.

La vieille le contempla longtemps ; et, tout d'un coup, le visage assombri, les poings fermés, elle murmura :

— Est-il possible que cet amour soit le fils d'un menteur ?

La jeune femme ne cessa pas de regarder son fils ; sa figure demeura calme et sereine. Et, d'une voix bien douce, bien tendre, elle dit :

— Maman Renaud, maman Renaud, encore ?... Je croyais que tu m'avais promis de pardonner, toi aussi !

Et, baisant son fils, elle ajouta :

— Jean !... mon Jean bien-aimé !... mon fils !... mon adoré !

Car cet enfant était le fils qu'avait entrevu Jean de Villepreux au moment de sa mort...

L'épisode suivant a pour titre :

LA JEUNE FRANCE

TABLE DES CHAPITRES

Sceaux. — Imp. E. Charaire.

Début d'une série de documents
en couleur

PIERRE SALES
SERGENT RENAUD
...YARD FRÈRES, ÉDITEURS, PARIS
10 centimes le fascicule illustré.
N° 2

LE SERGENT RENAUD

...YARD FRÈRES, ÉDITEURS, PARIS — 10 centimes le fascicule illustré.

N° 3

PIERRE SALES
LE SERGENT RENAUD

...YARD FRÈRES, EDITEURS, PARIS
10 centimes le fascicule illustré.
N° 4

ŒUVRES

DE

Pierre Sales

La révolution commencée en librairie par la maison Fayard frères, avec la publication des œuvres d'ALPHONSE DAUDET, JULES CLARETIE, HECTOR MALOT, vient encore de faire un pas en avant, avec la publication des œuvres du célèbre romancier qui occupe aujourd'hui, sans conteste, la première place parmi les grands conteurs français : **PIERRE SALES.**

C'est non seulement sous la forme de ces jolis fascicules à 10 centimes, rendus si populaires par la publication d'ALPHONSE DAUDET, mais aussi sous celle d'un élégant volume, — véritable volume de luxe, avec une jolie couverture de Jose Roy et de nombreuses illustrations de nos meilleurs dessinateurs, — que la maison Fayard frères offre au public l'œuvre considérable qui, depuis quelques années, passionne, fait palpiter, pleurer, et rire aussi, la France entière. Et ce volume, dont le bon marché semble défier tout bon sens, sera donné, complet, illustré, broché, pour... **60 centimes**.

Pour **60 centimes**, on aura ce SERGENT RENAUD par lequel débute la publication et qui est certainement l'œuvre la plus poignante et la plus touchante du grand romancier. Puis viendront : **La Jeune France ; A l'Américaine ! Bas les masques ! Chaîne dorée ; Olympe Salverti ; Viviane ; Marquis de Trévenec ; Le Puits mitoyen ; Femme et Maîtresse ; Marthe et Marie ; Incendiaire ! La Mèche d'or ; Sacrifiée ; Pierre Sandrac ; Un Drame financier ; La Femme endormie ; Le Diamant noir ; Le Corso rouge ; L'Écuyère ; Beau Page ; Louise Mornans ; Jeanne de Mercœur ; Vipère ! Orphelines !** etc., etc.

Mais, pour être complet en un volume, chacun de ces récits n'en forme pas moins un épisode, une partie d'un tout considérable qui est l'histoire de la *Société parisienne* en ces dernières années, — cette histoire qui, de récents événements l'ont surabondamment démontré, n'est qu'un vaste roman d'aventures. Et, sous cette forme si passionnante, si entraînante du roman, PIERRE SALES fait revivre la ville gigantesque dans tous ses milieux, depuis la mansarde de l'ouvrier, le cabinet du penseur, l'atelier de l'artiste, jusqu'aux boudoirs des aventurières, aux palais des financiers et des grands seigneurs, aux aristocratiques demeures des femmes du monde, aux salons les plus fermés du faubourg Saint-Germain.

C'est pour cela qu'il est lu **partout et par tous**, et que, maintenant, tous vont le posséder. Car, devant une si merveilleuse édition, il n'y aura pas de maison en France où l'on ne voudra, où l'on ne pourra avoir à soi, pour soi, l'œuvre illustrée du romancier aimé entre tous.

10 cent. le Fascicule renfermant 24 pages illustrées sous couverture en couleurs. Deux Fascicules par semaine.	**LE** **SERGENT RENAUD** SERA COMPLET EN 6 FASCICULES	**60 centimes** LE **VOLUME COMPLET** Illustré.

Chacun des ouvrages suivants formera également 6 fascicules.

FAYARD Frères, Éditeurs, 78, boulevard Saint-Michel, PARIS

Sceaux. — Imp. E. Charaire.

ŒUVRES

DE

Pierre Sales

La révolution commencée en librairie par la maison Fayard frères, avec la publication des œuvres d'Alphonse Daudet, Jules Claretie, Hector Malot, vient encore de faire un pas en avant, avec la publication des œuvres du célèbre romancier qui occupe aujourd'hui, sans conteste, la première place parmi les grands conteurs français : **PIERRE SALES**.

C'est non seulement sous la forme de ces jolis fascicules à 10 centimes, rendus si populaires par la publication d'Alphonse Daudet, mais aussi sous celle d'un élégant volume, — véritable volume de luxe, avec une jolie couverture de José Roy et de nombreuses illustrations de nos meilleurs dessinateurs, — que la maison Fayard frères offre au public l'œuvre considérable qui, depuis quelques années, passionne, fait palpiter, pleurer, et rire aussi, la France entière. Et ce volume, dont le bon marché semble défier tout bon sens, sera donné, complet, illustré, broché, pour... **60 centimes**.

Pour **60 centimes**, on aura ce SERGENT RENAUD par lequel débute la publication et qui est certainement l'œuvre la plus poignante et la plus touchante du grand romancier. Puis viendront : **La Jeune France; A l'Américaine! Bas les masques! Chaîne dorée; Olympe Salverti; Viviane; Marquis de Trévenec; Le Puits mitoyen; Femme et Maîtresse; Marthe et Marie; Incendiaire! La Mèche d'or; Sacrifiée; Pierre Sandrac; Un Drame financier; La Femme endormie; Le Diamant noir; Le Corso rouge; L'Écuyère; Beau Page; Louise Mornaus; Jeanne de Mercœur; Vipère! Orphelines!** etc., etc.

Mais, pour être complet en un volume, chacun de ces récits n'en forme pas moins un épisode, une partie d'un tout considérable qui est l'histoire de la *Société parisienne* en ces dernières années, — cette histoire qui, de récents événements l'ont surabondamment démontré, n'est qu'un vaste roman d'aventures. Et, sous cette forme si passionnante, si entraînante du roman, PIERRE SALES fait revivre la ville gigantesque dans tous ses milieux, depuis la mansarde de l'ouvrier, le cabinet du penseur, l'atelier de l'artiste, jusqu'aux boudoirs des aventurières, aux palais des financiers et des grands seigneurs, aux aristocratiques demeures des femmes du monde, aux salons les plus fermés du faubourg Saint-Germain.

C'est pour cela qu'il est lu **partout et par tous**, et que, maintenant, tous vont le posséder. Car, devant une si merveilleuse édition, il n'y aura pas de maison en France où l'on ne voudra, où l'on ne pourra avoir à soi, pour soi, l'œuvre illustrée du romancier aimé entre tous.

<table>
<tr>
<td>10 cent. le Fascicule
renfermant 24 pages illustrées sous couverture en couleurs.
Deux Fascicules par semaine.</td>
<td align="center">LE
SERGENT RENAUD
SERA COMPLET EN 6 FASCICULES</td>
<td align="center">60 centimes
LE
VOLUME COMPLET
Illustré.</td>
</tr>
</table>

Chacun des ouvrages suivants formera également 6 fascicules.

FAYARD Frères, Éditeurs, 78, boulevard Saint-Michel, PARIS

Sceaux — Imp. E. Charaire.

PIERRE SALES
LE SERGENT RENAUD
BAYARD FRÈRES - ÉDITEURS - PARIS
10 centimes le fascicule illustré.
No 5

PIERRE SALES
LE SERGENT RENAUD
...YARD FRÈRES. ÉDITEURS. PARIS
1O centimes le fascicule illustré.
N° 6

ŒUVRES

DE

Pierre Sales

La révolution commencée en librairie par la maison Fayard frères, avec la publication des œuvres d'ALPHONSE DAUDET, JULES CLARETIE, HECTOR MALOT, vient encore de faire un pas en avant, avec la publication des œuvres du célèbre romancier qui occupe aujourd'hui, sans conteste, la première place parmi les grands conteurs français : **PIERRE SALES**.

C'est non seulement sous la forme de ces jolis fascicules à 10 centimes, rendus si populaires par la publication d'ALPHONSE DAUDET, mais aussi sous celle d'un élégant volume, — véritable volume de luxe, avec une jolie couverture de José Roy et de nombreuses illustrations de nos meilleurs dessinateurs, — que la maison Fayard frères offre au public l'œuvre considérable qui, depuis quelques années, passionne, fait palpiter, pleurer, et rire aussi, la France entière. Et ce volume, dont le bon marché semble défier tout bon sens, sera donné, complet, illustré, broché, pour... **60 centimes.**

Pour **60 centimes**, on aura ce **SERGENT RENAUD** par lequel débute la publication et qui est certainement l'œuvre la plus poignante et la plus touchante du grand romancier. Puis viendront : **La Jeune France; A l'Américaine ! Bas les masques! Chaîne dorée; Olympe Salverti; Viviane; Marquis de Trévenec; Le Puits mitoyen; Femme et Maîtresse; Marthe et Marie; Incendiaire! La Mèche d'or; Sacrifiée; Pierre Sandrac; Un Drame financier; La Femme endormie; Le Diamant noir; Le Corso rouge; L'Écuyère; Beau Page; Louise Mornans; Jeanne de Mercœur; Vipère! Orphelines !** etc., etc.

Mais, pour être complet en un volume, chacun de ces récits n'en forme pas moins un épisode, une partie d'un tout considérable qui est l'histoire de la *Société parisienne* en ces dernières années, — cette histoire qui, de récents événements l'ont surabondamment démontré, n'est qu'un vaste roman d'aventures. Et, sous cette forme si passionnante, si entraînante du roman, PIERRE SALES fait revivre la ville gigantesque dans tous ses milieux, depuis la mansarde de l'ouvrier, le cabinet du penseur, l'atelier de l'artiste, jusqu'aux boudoirs des aventurières, aux palais des financiers et des grands seigneurs, aux aristocratiques demeures des femmes du monde, aux salons les plus fermés du faubourg Saint-Germain.

C'est pour cela qu'il est lu **partout et par tous**, et que, maintenant, tous vont le posséder. Car, devant une si merveilleuse édition, il n'y aura pas de maison en France où l'on ne voudra, où l'on ne pourra avoir à soi, pour soi, l'œuvre illustrée du romancier aimé entre tous.

Dans le prochain fascicule, nous commencerons

la publication de

LA JEUNE FRANCE

Qui formera 6 fascicules à 10 centimes.

ŒUVRES

DE

Pierre Sales

La révolution commencée en librairie par la maison Fayard frères, avec la publication des œuvres d'ALPHONSE DAUDET, JULES CLARETIE, HECTOR MALOT, vient encore de faire un pas en avant, avec la publication des œuvres du célèbre romancier qui occupe aujourd'hui, sans conteste, la première place parmi les grands conteurs français : **PIERRE SALES.**

C'est non seulement sous la forme de ces jolis fascicules à 10 centimes, rendus si populaires par la publication d'ALPHONSE DAUDET, mais aussi sous celle d'un élégant volume, — véritable volume de luxe, avec une jolie couverture de José Roy et de nombreuses illustrations de nos meilleurs dessinateurs, — que la maison Fayard frères offre au public l'œuvre considérable qui, depuis quelques années, passionne, fait palpiter, pleurer, et rire aussi, la France entière. Et ce volume, dont le bon marché semble défier tout bon sens, sera donné, complet, illustré, broché, pour... **60 centimes**.

Pour **60 centimes**, on aura ce **SERGENT RENAUD** par lequel débute la publication et qui est certainement l'œuvre la plus poignante et la plus touchante du grand romancier. Puis viendront : **La Jeune France; A l'Américaine ! Bas les masques ! Chaîne dorée ; Olympe Salverti ; Viviane ; Marquis de Trévenec ; Le Puits mitoyen ; Femme et Maîtresse ; Marthe et Marie ; Incendiaire ! La Mèche d'or ; Sacrifiée ; Pierre Sandrac ; Un Drame financier ; La Femme endormie ; Le Diamant noir ; Le Corso rouge ; L'Écuyère ; Beau Page ; Louise Mornans ; Jeanne de Mercœur ; Vipère ! Orphelines !** etc., etc.

Mais, pour être complet en un volume, chacun de ces récits n'en forme pas moins un épisode, une partie d'un tout considérable qui est l'histoire de la *Société parisienne* en ces dernières années, — cette histoire qui, de récents événements l'ont surabondamment démontré, n'est qu'un vaste roman d'aventures. Et, sous cette forme si passionnante, si entraînante du roman, PIERRE SALES fait revivre la ville gigantesque dans tous ses milieux, depuis la mansarde de l'ouvrier, le cabinet du penseur, l'atelier de l'artiste, jusqu'aux boudoirs des aventurières, aux palais des financiers et des grands seigneurs, aux aristocratiques demeures des femmes du monde, aux salons les plus fermés du faubourg Saint-Germain.

C'est pour cela qu'il est lu **partout et par tous**, et que, maintenant, tous vont le posséder. Car, devant une si merveilleuse édition, il n'y aura pas de maison en France où l'on ne voudra, où l'on ne pourra avoir à soi, pour soi, l'œuvre illustrée du romancier aimé entre tous.

<table>
<tr>
<td>10 cent. le Fascicule
renfermant 24 pages illustrées sous couverture en couleurs.
Deux Fascicules par semaine.</td>
<td align="center">LE
SERGENT RENAUD
SERA COMPLET EN 6 FASCICULES</td>
<td align="center">60 centimes
LE
VOLUME COMPLET
Illustré.</td>
</tr>
</table>

Chacun des ouvrages suivants formera également 6 fascicules.

FAYARD Frères, Éditeurs, 78, boulevard Saint-Michel, PARIS

Sceaux. — Imp. E. Charaire.

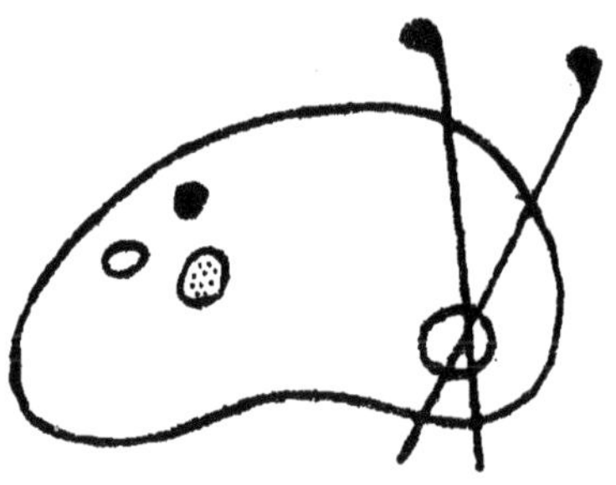

Fin d'une série de documents
en couleur